龍の愛妻、Dr.の悪運

樹生かなめ

white
heart

講談社X文庫

目次

橘高正宗
【きったか まさむね】
清和の養父。
眞鍋組顧問。
祐
【たすく】
眞鍋組の参謀。
安部の息子のような存在。
安部信一郎
【あべ しんいちろう】
正宗の右腕であり舎弟頭。
眞鍋組組員の信望が厚い。
橘高典子
【きったか のりこ】
清和の養母。
リキ
清和の右腕。
眞鍋の虎と呼ばれる。
橘高清和
【きったか せいわ】
眞鍋組二代目組長。
氷川の恋人。
氷川
氷川諒一
【ひかわ りょういち】
清和の恋人。
明和病院に勤める
美貌の内科医。
人物紹介

京介【きょうすけ】
ホストクラブ・ジュリアスの人気ホスト。ショウの幼馴染み。
サメ
眞鍋組の
諜報部隊トップ。
ショウ
清和の舎弟。
眞鍋組の特攻隊長。
吾郎【ごろう】
清和の舎弟。
卓【すぐる】
清和の舎弟。
箱根の旧家出身。
宇治【うじ】
清和の舎弟。
信司【しんじ】
清和の舎弟。
摩訶不思議の信司と呼ばれる。

イラストレーション／奈良千春《ならちはる》

龍《りゅう》の愛妻《あいさい》、Ｄｒ.《ドクター》の悪運《あくうん》

1

怖い、と氷川諒一《ひかわりょういち》は愛《いと》しい男に初めて言いようのない恐怖感を抱いた。初めて会った時が二歳だったから、堂々たる美丈夫に成長しても、不夜城に君臨する眞鍋《まなべ》組の組長であっても、修羅《しゅら》の世界で恐れられる苛烈《かれつ》な極道であっても、可愛《かわい》くてたまらない男なのに。

「清和くん、怖いよ」

橘高清和《きったかせいわ》、命より大切な男の薄れない殺気が恐ろしい。

氷川が腕を回した体勢で本心を吐露すると、清和は鋭い目をきつく細めた。

「…………」

「清和くん、僕と一緒にいるのにそんなにピリピリしないでほしい」

ふたりで暮らしている眞鍋第三ビルの一室に戻り、氷川が甘いキスを何度しても、清和の神経は異常なくらい尖《とが》ったままだ。本来ならば憩《いこ》いの場であるリビングルームには重苦しい空気が充満し、ふたりで腰を下ろしているソファが石のように硬く感じられる。

「…………」

「清和くん、僕を見て」

氷川は清和の頰《ほお》を両手で摑《つか》み、強引に自分のほうに向かせた。氷を連想させるような冷たい目には、氷川しか映っていない。

「………」

清和が誰に対しての殺気を抑えられないでいるのか、確かめなくても氷川にはわかる。宿敵ともいうべき元藤堂《とうどう》組の組長である藤堂和真《かずま》のせいだ。

藤堂はその紳士然とした容姿からは想像できないほど、小汚い手段を駆使し、幾度となく清和に煮え湯を吞《の》ませてきた。

「清和くんは藤堂さんとの戦いには勝ったんだ。藤堂さんのことは僕と桐嶋《きりしま》さんに免じて許してあげてほしい」

かつて氷川は問答無用の荒業で藤堂組を解散させて、強制的に藤堂を極道から引退させた。藤堂組の縄張りをそのまま引き継いだのが、氷川の舎弟を名乗る桐嶋元紀《もとき》だ。清々《すがすが》しいくらい真《ま》っ直《す》ぐな桐嶋は、藤堂と強い絆《きずな》で結ばれているが、清和や眞鍋組の幹部たちともいい関係を築いている。

藤堂に手を出さない限り、俺は橘高清和率いる眞鍋の敵にはならない、と桐嶋は宣言した通り、清和が組長の座を追われた苦しい時でも約束を守った。行方をくらましていた藤堂が現れるほど、危険な状態に陥《おちい》ろうとも、桐嶋は清和と氷川を支持してくれたのだ。それはもう馬鹿《ばか》みたいに。

「…………」

清和は極道の戦いに勝った後でも、藤堂に対する警戒心を解いてはいない。藤堂がロシアン・マフィアのイジオットの幹部を連れているのを見たからなおさらだ。

氷川や桐嶋が知らない間に、清和は藤堂もろともイジオットの幹部を処理しようとしていた。

その時、いつものように問答無用の荒業で場を収拾したのが氷川だ。

「清和くん、藤堂さんは桐嶋さんのところにいるから平気だ。前みたいなことはしないと思うよ」

桐嶋は気絶させた藤堂を担《かつ》いで桐嶋組のシマに戻っていた。氷川が清和とともに眞鍋組が支配する不夜城に帰ってきたのは一時間前だ。

どんなに氷川が宥《なだ》めすかしても清和の殺気が消えないので、困惑している。いや、正確にいえば、不夜城に戻ってから清和の怒気が増したような気がする。車中、氷川がお色気攻勢を仕掛けた時には清和は靡《なび》いたというのに。

「遅いからもう寝ろ」

清和が常より低い声で呟《つぶや》くようにポツリと言った。

「やっと喋《しゃべ》ってくれたと思ったらそんなことを言うの？」

この口は、とばかりに氷川は清和の唇に軽快なキスを落とした。普段ならここら辺で清和の機嫌は直る。

「……………」

「清和くん、しないの？」

今夜はちゃんとしよう、と眞鍋組のシマに戻る車中で清和を誘っている。氷川は清和のズボンのベルトに手を伸ばした。

しかし、清和は無言で氷川の手を引かせる。

「僕としたくないの？」

清和に拒まれたショックで、氷川の白皙《はくせき》の美貌《びぼう》は曇った。十歳も若い年下の男は、圧倒的に負担がかかる氷川の身体《からだ》を思慮し、自分からは決して求めようとしない。極道とは思えないぐらい紳士だが、氷川が承諾すれば手を伸ばしてくる。

「もう寝ろ」

「寝られるわけないでしょう」

埒《らち》が明かないとばかり、氷川は素早い手つきで自分のネクタイを外した。こうなったら裸体で迫るしかない。

「寝ろ」

清和は氷川と視線を合わせず、白い壁をじっと見つめている。見てしまえば、氷川のなめらかな肌の誘惑に抗《あらが》えないからだ。

「じゃ、一緒に寝よう」

「俺は仕事だ」

清和は新しい眞鍋組の形を模索しており、いくつかの合法的な事業を展開して莫大《ばくだい》な利益を叩《たた》きだしている。そのトップともなれば多忙を極め、本当ならばプライベートルームでのんびり過ごしているような暇はない。そのうえ、眞鍋組の縄張りである不夜城は国内のみならず海外の組織にも狙《ねら》われている。

「なんの仕事？」

氷川がどんなに楽観的に考えても、今夜の清和の仕事は藤堂関係だ。おそらく、藤堂が再び姿を消す前に処理したいのだろう。

「首を突っ込むな」

氷川は男でありながら清和の姐《あね》として遇されているが、眞鍋組内部のことに関して口を挟む権利は与えられていない。女は黙っていろ、は極道界の鉄則であり、極道の姐ならば一度は言われる台詞《せりふ》だ。

「女は黙っていろ、なんて言わせないよ」

「わかっているじゃないか」

女は黙っていろ、と清和の鋭い双眸《そうぼう》は雄弁に語っていた。

「わかっているけど、今回の件は見過ごせない」

「おい」

「藤堂さんを処分する気じゃないね？」

氷川がズバリと言うと、清和は憮然《ぶぜん》とした面持ちで答えた。

「関《かか》わるな」

「清和くんから藤堂さんに対する殺気が消えなくて怖い。悲しい」

氷川は切々とした口調で言いながら、身につけていた白いワイシャツを脱いだ。明かりの下、氷川の真っ白な肌が浮かび上がる。

「…………」

「藤堂さんは桐嶋さんのお嫁さんになったんだから、恐ろしいことは考えないでね。僕と藤堂さんは嫁同士で得意料理のレシピの交換でもするよ」

氷川はにっこり微笑《ほほえ》んだが、清和は悪鬼《あっき》の如《ごと》き形相《ぎょうそう》になった。

「……何を言っている」

密着している身体から、清和の生理的嫌悪がひしひしと伝わってきた。その力を誰よりも認めているだけに、藤堂の姐というポジションが受け入れられないのかもしれない。

「藤堂さんはいいお嫁さんになると思うよ。やっぱり、和食より洋食のほうが得意なのかな。明日から桐嶋さんの朝食は藤堂さんが作るハムエッグとトーストかな。僕は藤堂さんに白いエプロンをプレゼントしよう」

藤堂を桐嶋の姐としたのは、ほかでもない氷川である。清和の気持ちもわからないではないが、ここで氷川が怯《ひる》んではならない。この際、何があろうとも藤堂を桐嶋の姐として押し通すつもりだ。

氷川が口にした場面が想像できないらしく、清和の鋭敏な双眸が宙に浮いた。特に白いエプロン、というアイテムにだいぶダメージを食《く》らったらしい。

「藤堂さん、イジオットのウラジーミルの愛人なんてやっているより、桐嶋さんの奥さんのほうがいいね」

藤堂はイジオットのボスの息子であるウラジーミルの愛人だと、氷川は聞かされた。信じられなかったが、藤堂が桐嶋の嫁になったからには構っていられない。とりあえず、危険極まりないウラジーミルから藤堂を引き離すことが先決だ。

「ガセネタだ」

清和も藤堂のウラジーミルの愛人説は知っているのか、険しい顔つきで一蹴《いっしゅう》した。

「ガセネタ?」

「藤堂はイジオットの日本攻略の駒《こま》だ」

どうしてロシアン・マフィアのイジオットが日本を狙っているのか、氷川でさえ説明されなくても理解できる。未《いま》だに先の見えない不況の嵐《あらし》が吹いているのに、依然として日本は格好の狩り場なのだ。イジオットは日本に流れている資金を根こそぎ奪い取るつもりで乗り込んでくるのだろう。日本の政府が借金に借金を重ねる債務国であっても、一般国民の貯蓄額は世界から注目を集めている。

「僕はウラジーミルの愛人だって聞いたんだけど、清和くんは聞かなかったの？」

ウラジーミルの従弟《いとこ》であるニコライからも、その部下からも、氷川は藤堂が愛人であるとはっきりと聞いた。

「……聞いたが」

藤堂が忽然《こつぜん》と姿を消して以来、清和は血眼《ちまなこ》になって消息を探らせていた。桐嶋にしてもそうだ。

氷川も藤堂がロシアン・マフィアの幹部をふたりも連れて戻ってくるとは思っていなかった。

「清和くん、藤堂さんの行方はわからない、って言っていたけど、藤堂さんがロシアにいたことを知っていたの？」

「そういう報告はあった」

「藤堂さんがロシアにいる、ってわかったから、サメくんをロシアに行かせたんだね？」

サメは影の実動部隊とも諜報部隊《ちょうほうぶたい》とも囁《ささや》かれる男たちを束ね、清和驀進《ばくしん》の最大の理由のひとつと目されてきた。今回、清和がかつて姐候補として目されていた京子《きょうこ》の罠《わな》に落ちたのは、サメ率いる実動部隊の力不足という認識が大きい。

「………」

氷川はなんとなくだが清和の感情を読み取ることができる。身体をぴったりくっつけていたらより明確だ。

「サメくんのロシア行きは藤堂さんの存在の確認だったんだよね」

京子が仕掛けた巧妙な罠に清和が落ちた時、サメは日本にはいなかった。二代目組長の座を追われ、逃げていた先でようやくロシア帰りのサメと再会したのだ。

「組のことに関わるな」

「藤堂さんはもうカタギだよ。僕と同じ一般人だ。おまけに、ウラジーミルの愛人なんて言われているんだから」

藤堂がプライドとメンツに拘《こだわ》る男だったならば、ウラジーミルの愛人などという噂《うわさ》はすぐに掻《か》き消《け》していただろう。

「………」

清和の仏頂面《ぶっちょうづら》から氷川は藤堂の真の役割を読み取った。おそらく、清和の側近たちも同じ見解だ。

「……藤堂さんはイジオットの日本攻略の人材なの？」

「藤堂を日本攻略の駒にしない奴はイジオットでは生き残れないだろう」

清和は地を這《は》うような低い声でロシアン・マフィアの恐ろしさを口にした。ロシアと日本は風土も歴史も違えば、人も考え方もまったく異なる。

「藤堂さんはイジオットのメンバー？」

本来、藤堂は関西の名家に生まれ育ち、極道の世界に身を投じるような男ではなかった。桐嶋は藤堂がヤクザになるとは予想だにしていなかったという。今回も藤堂は桐嶋の意表をつくような行動をしているのだろうか。

「イジオットのメンバーはロシア人だけだ」

イジオットはロシア革命で滅んだロマノフ王朝再興のために結成された組織であり、メンバーは生粋《きっすい》のロシア人ばかりだ。代々、イジオットのボスには皇帝という呼び名がつくが、ウラジーミルは実際にロマノフ王朝傍系の皇子の血を受け継いでいる。

「よかった、藤堂さんはイジオットのメンバーじゃないんだね」

氷川はほっと胸を撫《な》で下《お》ろしたが、清和の渋面《じゅうめん》がますます渋くなる。心なしか、周囲の温度も下がった。

「日本攻略の捨て駒、要するに使い捨ての兵隊だ」

「藤堂さんは桐嶋さんの姐さんになったから、もうイジオットとは関係ないよ」

ウラジーミル、ニコライ、君たちはさっさと自分の国に帰りなさい、と氷川は心の中で金髪美青年たちに言った。

「そう思うか？」

「桐嶋さんが藤堂さんを守ると思う」

桐嶋ならばどんな敵が相手でも藤堂を守り抜くはずだ。これはもう氷川の願いというより確信である。

「日本を売ろうとした藤堂を許せない」

氷川は今まで清和から愛国心を感じたことはない。ただ、清和の義父《ちち》である橘高正宗《まさむね》は愛国心に溢《あふ》れているし、一般人を守るという男気にも満ちている。橘高腹心の武闘派の構成員たちにしてもそうだ。

「清和くん、そんなに愛国心が強かったっけ？」

氷川が悪戯《いたずら》っ子《こ》のように言うと、清和はなんとも形容しがたい顔になって口を閉じた。普段はどちらかといえば寡黙で無表情だが、今夜はいつになく感情が顔に出る。

「……おい」

清和に凄《すさ》まじい目と声で詰《なじ》られ、氷川は茶目っ気たっぷりに肩を竦《すく》めた。

「わかっている、わかっているよ。以前、橘高さんにも教えてもらったことがある。外国のマフィアがどれだけ恐ろしくてひどいか」

奴らをのさばらせたらカタギさんがしゃぶりつくされる。かつてチャイニーズ・マフィアと戦った時に、橘高がそう口にしていた。

共存を掲げる大親分の下《もと》、関東の暴力団は団結して海外勢力の進出を阻《はば》んできたのだ。

それなのに、藤堂がイジオットの幹部と関わっていた。想像しないではなかったが、由々しき事態である。

「ああ」

「……なんていうのかな、上手《うま》く言えないけど、藤堂さんはイジオットの兵隊じゃないと思うんだけどな」

氷川は遊びらしい遊びをひとつもせずに勉強一筋で、名門と名高い清水谷《しみずたに》学園大学の医学部に入学し、医師免許を取得して、現在は大規模総合病院である明和《めいわ》病院の内科医として勤めている。ずっと狭い世界で生きているが、清和と再会して以来、数え切れないほどの親分子分を見てきた。

ロシア人と日本人は根本的に考え方が異なるし、藤堂は任侠道《にんきょうどう》から大きく外れた男だったが、それらを重々考慮しても、ウラジーミルとの間に主従関係は感じられない。

「…………」

「藤堂さんの態度だけじゃなくて、ウラジーミルやニコライの態度からも、なんか兵隊じゃないと思うんだ」

どこがどうとは指摘できないが、藤堂とウラジーミルの間に上下関係はないような気がする。ウラジーミルはウラジーミルなりに藤堂を尊重しているように見えた。ひょっとしたら、とても大事にしているのかもしれない。

「当てにならない」

「俺は悪運が強い、って言い張る清和くんの悪運説より、当てになると思う」

氷川が堂々と胸を張ると、清和は憮然とした面持ちで視線を逸《そ》らした。なんだかんだ言いつつ、いつの間にか清和から殺気が消えている。

「清和くん、そろそろ僕を見て」

氷川が甘くねだっても、清和は動こうとはしない。

「…………」

「僕とふたりきりでいるんだから、僕のことだけ考えてよ」

僕はいつも清和くんのことばかり考えているよ、と氷川は囁くように清和の耳元で続けた。わざと音を立てて自分のズボンのベルトを外し、ファスナーを下ろす。

「…………」

「清和くん、いいよ？」

氷川は清和にぴったりと張りついたまま、ズボンと下着を一緒に脱ぎ捨てた。明るいライトの下、靴下だけ履いている姿がやけに卑猥《ひわい》だ。

「…………」

「しないの？」

氷川は清和の広い胸に顔を埋《うず》めた体勢で靴下を脱いだ。これで氷川の身体を覆うものは一枚もない。

「…………」

どこまで意地を張る気なんだろう。清和が凄まじい葛藤《かっとう》と闘っていることが、氷川には手に取るようにわかる。

「してくれないの？」

「…………」

「僕が歳《とし》だからいやになったの？」

氷川は二十九歳だが、清和はまだ十九歳だ。立っているだけで数多《あまた》の女性を魅了する年下の男に対する不安は尽きない。

「違う」

清和は氷川から視線を逸らしたまま、くぐもった声で否定した。

「じゃあ、抱いて」

氷川には清和から狂おしいぐらい熱い愛情を注がれている実感はある。だが桐嶋に預けた藤堂を処分する算段を練る暇があるなら抱いてほしい。

「…………」

「僕を抱きたくないの？」

氷川は故意に作った涙声で清和に尋ねた。歯向かう者には容赦しない、と苛烈な評判を持つ男は意外なくらい自分の女房の涙に弱い。プライベートでは姉さん女房の尻《しり》に敷かれている亭主なのだ。

「手加減できないかもしれない」

とうとう観念したのか、清和は苦しそうな声でポツリと零《こぼ》した。複雑な感情の嵐の制御に苦心しているのだろう。

「いいよ」

「いいのか?」

清和は恐怖の対象でも見るような目で氷川に視線を止めた。

「いいからおいで」

氷川は清和の膝《ひざ》に馬乗りになり、煽《あお》るように腰を淫《みだ》らに揺らした。ここまでおくめんもなく誘うなんて、自分で自分が信じられないが、この際、構ってはいられない。

「…………」

「早く」

氷川は自分の平らな胸に清和の顔を押しつけた。ちょうど、左胸の突起に清和の唇が触れる。

「知らねぇからな」

野獣のような清和に押し倒され、氷川は身体の力を抜いた。ここまで持ち込めばそれで

いい。いや、氷川が本当に大変なのはこれからだ。清和が理性で抑え込んでいた男の欲望が行動に表れた時、真っ赤になって恥じらうのは氷川だからだ。

その夜、氷川は若い男の情熱に翻弄《ほんろう》され続けた。

2

翌朝、氷川《ひかわ》が目覚めた時、極彩色《ごくさいしき》の昇《のぼ》り龍《りゅう》を背負った男は隣にいた。夢でもないし、幻でもないし、影武者でもない。

昨夜《ゆうべ》の自分の痴態を思い出した瞬間、氷川は凄絶《せいぜつ》な羞恥心《しゅうちしん》に苛《さいな》まれる。ある程度、覚悟はしていたが、まさかあそこまで清和《せいわ》が情熱的になるとは思わなかった。それでも、愛《いと》しい清和を拒むことはできない。彼は自分が生まれてきた理由になる男なのだ。

「清和くんがあんなにエッチなことをするなんて」

氷川は心の中で零《こぼ》したつもりが、口に出していたらしい。閉じられていた清和の目がゆっくり開いた。

氷川の独り言に対するコメントはない。

「僕の清和くん、おはよう」

氷川は朝の挨拶《あいさつ》代《が》わりのキスを清和の額に落とした。

「ああ」

「清和くん、僕は……」

氷川は昨夜の性行為について文句を言いかけたが、清和の涼しい顔を見ていたら口にできなくなってしまう。誘ったのは自分だし、所詮《しょせん》、可愛《かわい》くてたまらない男だ。

氷川は一呼吸おいてから、清和を諭すように言った。

「ああいうことをほかの女の子にしたら駄目だよ」

清和が一歩外に出れば魅力的な女性たちが競うように群がるし、最高の据《す》え膳《ぜん》も用意されるだろう。昨夜の性行為についてあれこれ文句を言っている場合ではない。

「ああ」

清和は氷川を姐《あね》として迎えて以来、どんな場であれ、女性を拒んでいるという。氷川一筋を貫く清和には、いろいろな噂《うわさ》がついてまわるようになった。

「ちょっとでもほかの女の子にしたら駄目だよ」

一度口にしたら止まらない。氷川は自分がコントロールできず、威圧的な口調で念を押した。

「ああ」

「清和くんとキスするのも僕だけだよ」

この唇は僕専用、と氷川は清和の唇に音を立ててキスをした。眞鍋《まなべ》の昇り龍と恐れられる男の唇は冷たいようで温かい。

「ああ」

「清和くんは僕だけのものだよ」

氷川は無意識のうちに清和の分身を摑《つか》んでいた。昨夜、さんざん無体をした肉塊だが、他者に譲る気は毛頭ない。

「ああ」

「絶対にほかの女の子に触らせちゃ駄目だよ」

清和の分身をぎゅっと握り締め、氷川は真剣な顔で凄《すご》んだ。苦しそうな清和の表情は見えていない。いや、見ているが見えていない。

「ああ」

清和は急所をぎゅっと握られても、氷川の手を払おうとはしなかった。

「清和くん、可愛いから心配なんだ」

氷川が分身を握ったまま言うと、清和の凜々《りり》しく整った顔が複雑そうに歪《ゆが》んだ。

「…………」

眞鍋組の金看板を背負う昇り龍を可愛いと称するのは氷川ぐらいである。だが、氷川は清和の非難の目に気づいてはいない。

「可愛いから誘拐されたらどうしよう。GPS機能付きの携帯電話を持ってね」

清和に恋い焦《こ》《こ》がれる女性なら、誘拐ぐらい軽くやってしまうかもしれない。氷川の脳裏には清和を射止めるために、あの手この手を駆使する女性が浮かんだ。

「……おい」

清和のいつもよりトーンを落とした声で、ようやく氷川は我に返った。すでに清和は可愛らしい子供ではない。誰よりも可愛いという形容が似合わない男だ。ＧＰＳ機能が付いている携帯電話を持たされているのは氷川である。

「……あ、ごめん、清和くんが大人になっていることはよくわかっている。よ～くわかっているんだけど、どうしても心配でね」

清和が立派な体軀《たいく》を持つ青年に成長したと、氷川は身に染《し》みてよく知っている。ただ、清和への愛しさが募るとおかしくなってしまうのだ。清和に愛されるまで自分にこんな感情があるなど、氷川はまったく知らなかった。

「心配なのは俺のほうだ」

清和に吐き捨てるように言われ、氷川は白い手を小刻みに振った。

「僕は平気だよ」

「どこが？」

いつにもまして清和の非難の視線が強いが、氷川は思い切り過去を棚に上げて満面の笑みを浮かべた。

「僕は大丈夫、危険なのは清和くんだよ」

氷川を姐に迎える前、清和に弱みはひとつもなかった。今では盛り場のチンピラまで、清和の弱みがなんなのか知っている。だからこそ、氷川は幾度となく狙《ねら》われ、拉致《らち》されたし、監禁もされた。

そもそも、桐嶋《きりしま》との出会いも、藤堂《とうどう》が最後の決戦ともいうべき作戦のために関西から桐嶋を呼びだしたからだ。当時、桐嶋の職業は女性を相手にする竿師《さおし》であり、暴力団の構成員ではなかった。氷川は桐嶋に拉致された挙げ句、強姦《ごうかん》されかけた。それゆえ、清和は藤堂を始末するつもりで戦争を仕掛けたのだ。

紆余曲折《うよきょくせつ》あったが、今現在、桐嶋は氷川の忠実な舎弟である。

「……おい」

よほど驚愕《きょうがく》したのか、珍しく清和の凛々しい顔が崩れ、周囲の空気もざわざわとざわめいた。

カタギは決して戦争に巻き込まない、ヤクザの妻子は決して狙わない、という極道界の鉄則はいつの間にか消えている。

「僕は何があっても大丈夫、清和くんが助けてくれるから」

今まで何度も怖い思いをしたが、その都度、清和が助けてくれた。リキやショウ、サメや祐《たすく》といった清和の舎弟たちも心強い存在だ。

「ああ」

先生は必ず俺が守り抜く、と清和の鋭い目は雄々《おお》しく語っている。

「僕も清和くんを守る」

「そばにいてくれるだけでいい」

姐さんは二代目の隣で笑っていてくれればいい、と清和の舎弟たちは口を揃《そろ》えた。氷川がそばにいるだけで清和は幸せなのだという。

「僕も清和くんを守りたい」

「何もしないでくれ」

清和の表情はこれといって変わらないが、氷川にはなんとなくだがその感情が読める。清和は獰猛《どうもう》な肉食動物を前にした小さな草食動物の如《ごと》く動揺しているようだ。

眞鍋組の最要注意人物ランキングのトップは、次点を大きく引き離して氷川である。氷川を核弾頭、と称したのは眞鍋組で最も汚いシナリオを書く参謀の祐だ。

「清和くん、可愛くないことを言うんじゃありません」

「頼む、何もするな」

「可愛くないけど可愛い」

氷川は清和の頬《ほお》や唇にキスを落とした後、彼の分身にも軽く唇で触れる。僕以外に触らせるんじゃありません、触られそうになったら一目散で逃げなさい、と呪《のろ》うような目で懇々と言い聞かせて、ベッドから下りた。

パウダールームで顔を洗い、リビングルームの奥にあるキッチンに進む。

朝食はいつもと同じように健康第一の和食だ。焼いたきのこをポン酢であえて有田焼《ありたやき》の皿に盛り、塩昆布で漬けた大根やれんこんの土佐煮もテーブルに並べた。サトイモとちりめんじゃこのサラダを作り、柔らかく焼き上げた厚焼き玉子を海苔《のり》で巻いた頃、清和がのっそりと起きてくる。

氷川は具沢山の味噌汁《みそしる》と炊き立ての玄米ご飯とともに、ジューサーで作ったニンジンジュースを清和の前に置いた。

「清和くん、まず酵素たっぷりの生ジュースを飲んでからだ。酵素がないと人は生きていけないんだよ」

清和は肉食嗜好《にくしょくしこう》で野菜は嫌いだが、氷川の手料理にはいっさい文句をつけない。言われるがまま生のニンジンジュースを飲み干してから、氷川手製の健康食を黙々と食べ始める。

氷川も清和の前に座り、生のニンジンジュースを飲み干した。生ジュースの重要なポイントは有機栽培のニンジンを使用することだ。

「厚労省はいつまで国民に知らせないのかな？　日本ぐらい合成食品添加物が溢《あふ》れている国はないんだ。このままじゃ、健康被害が増すだけだ」

氷川はひとりで暮らしていた時から、日本で認可されている食品添加物の有害性は知っていたが、意識して避けることはなかった。清和と一緒に暮らしだしてから、日々を重ねるごとに食品添加物が気になりだした。今では農薬にも過敏になっている。

「そうか」

「ソースでもカラメル色素とか増粘剤とか香辛料抽出物とか甘味料とかいう合成食品添加物の混ぜ合わせだし、ジャムやたれもそう。知らないうちに僕たちは毎日毎食、石油を食べているんだ。これで病気にならないほうがおかしい」

そう思うでしょう、と氷川が箸《はし》を握ったまま力むと、清和は伏し目がちに頷《うなず》いた。

「ああ」

「絶対にコンビニ弁当を食べちゃ駄目だよ。学生時代にコンビニのおにぎりや弁当を作る工場でバイトしていたっていう看護師さんがいるんだけど、よくないって言っていたんだ」

氷川が製造工場の内情を熱っぽく語ると、清和はしいたけを咀嚼《そしゃく》しながら無言でコクリと頷いた。

当然、氷川は清和が稼いでいる額や立場をものの見事に忘れている。清和はその気になれば毎日毎食、高級ステーキや会席料理が食べられるのだ。

「野菜も農薬がたくさん使われているから危険なんだ。できるだけ、有機野菜を食べてほしい」

大型スーパーマーケットでも有機野菜を陳列しているのは野菜売り場のほんの一角だ。有機野菜の値段はべらぼうに高いが、背に腹は代えられない。

「ああ」

「缶やペットボトルのコーヒーや紅茶も飲んじゃ駄目だよ。缶やペットボトルの健康飲料は健康じゃないからね。詰めて保存するところでアウトだ」

自然のまま下手《へた》な加工はしないほうがいい、保存したら無理が出ると、氷川はガラス玉のように綺麗《きれい》な目に燃え盛る炎を映した。保存料にしろ甘味料にしろ、発がん性や白血球減少が疑われるものがある。

「ああ」

清和は健康意識が高まり続ける氷川に引き気味だが、決して逆らったりはしない。姉さん女房の尻《しり》に敷かれている従順な亭主だ。

「どうして国は食品添加物を禁止しないいんだろう。食品会社から賄賂《わいろ》でももらっているのかな?」

食品会社にしても単にコスト面で食品添加物を多用しているのだ。それが利益を出さねばならない組織のあり方である。

だからこそ、昔ながらの伝統を守り続けている店に氷川は魅了された。昨今、気に入っているのはベテラン看護師に教えてもらった自然食専門店とお取り寄せだ。

「…………」

「清和くん、一緒に厚労省に働きかけてみる?」

氷川が背後に使命感にも似た正義感の旗印を掲げると、清和はよほど驚愕したらしく、箸を落としそうになった。

「……おい」

俺をなんだと思っているんだ、と清和の鋭い目は雄弁に語っている。海の中で雀《すずめ》が泳ごうとも、不夜城の主《あるじ》に言うべき言葉ではない。

「清和くん、自分の口に入るものだから他人事《ひとごと》じゃないんだ。普段、何気なく使っているシャンプーやボディソープ、ローションや整髪料も危険なんだよ。特にパラベンやフェノキシエタノールは要注意だ」

一般のシャンプーに含まれている合成界面活性剤の成分には、抜け毛の原因になるものもある。なかでも、パラベンなどの防腐剤の恐ろしさについては、語りだしたら止まらない自信があった。

「…………」

「無添加っていうウリでも、いろんな危険なものが成分に含まれているんだ。あれは許せない。厚労省のガイドラインが甘いんだ」

以後、氷川の熱弁は延々と続き、清和は黙々と食べ続けた。食後のコーヒーを飲んでいる時にしても、何かに取り憑《つ》かれたように喋《しゃべ》り続《つづ》ける氷川のテンションは下がらなかった。もっとも、いつまでもふたりで向かい合っているわけにはいかない。

氷川が身なりを整えた頃、インターホンが鳴り響く。来訪者が送迎係のショウであることを清和が確かめた。

「おはようございます」

ショウは屈託のない笑顔を浮かべているが、上から下までヤンキー全開ファッションだ。

「……ショウくん、その衣装は」

いったいそんな服がどこで売られているのか、それ自体、氷川は不思議でならない。警察官に職務質問されても仕方がないだろう。

「衣装とはなんスか」

ショウは仁王立ちで言い返してきたが、氷川は真顔で指摘した。

「ヤンキーのコスプレみたい」

ロシアン・マフィアのイジオットのニコライは日本の漫画やアニメが好きで、日本語を習得したといい、彼の部下にも同類がいた。その部下のコスプレの印象が未《いま》だに強く、ショウまでコスプレイヤーに見えてしまう。

「ヤンキーのコスプレじゃねぇ、っス」

ショウは暴走族上がりのヤクザであり、眞鍋組の特攻隊長である。一日や二日のヤンキーではない。

「生命保険のCMに出てくるタレントみたいな服を着ればいいのに。ほら、図書館で本を読んでいる男の子だよ」

図書館で分厚い書籍のページを捲《めく》るタレントは、真っ白なトレーナーとジーンズを身につけていた。清潔感に溢れたいかにもといった好青年風だ。

「図書館で本？」

ショウは明るく染めた髪の毛を掻きつつ、首を傾《かし》げた。氷川が口にした服が想像できないらしい。

傍《かたわ》らで聞いている清和も思い浮かばないのか、仏頂面《ぶっちょうづら》で黙り込んでいる。

「白いトレーナーとジーンズ、今は寒いから白いセーターとジーンズかな」

「白は血が目立つから駄目っス。サツに目をつけられやすい」

ショウが白を却下した理由に、氷川は絵筆で描いたような美しい眉《まゆ》を顰《ひそ》めた。

「……血？　血？　そんな理由で白を避けていたの？」

「……ふぐぅっっ、そういうわけじゃありませんが……その、白は藤堂カラーなので、白はいやっス」

ショウは哺乳類《ほにゅうるい》らしからぬ呻《うめ》き声《ごえ》を上げてから、常に英国紳士のようなたたずまいの藤堂の名を口にした。その瞬間、清和の鋭敏な目が曇る。

「そういえば、藤堂さんは白いスーツをよく着ていたね。日本人が着ると浮いてしまうこ

とが多いのに、やけにしっくり馴染《なじ》んでいた」

　名家出身のご子息は自然体で白いスーツを着こなしていた。藤堂はどこからどう見ても極道に見えない極道だった。

「藤堂のどうしようもない小汚さをカバーするのに白がマッチしたんスよ。あの白いスーツを真っ赤な血で染めてやらなきゃ男が廃るっス」

　清和に命を捧《ささ》げたショウにとっても藤堂は宿敵だ。さんざん煮え湯を呑《の》まされた過去を思い出したのか、ショウの顔つきがヒットマンの如く険しくなる。

「ショウくん、なんてことを言うの」

　氷川は慌ててショウの逞《たくま》しい胸を叩《たた》いた。

「姐さん、止めないでください」

　清和の命令があればショウはヒットマンとして藤堂を狙うだろう。もしかしたら、清和の命令がなくても藤堂を狙うかもしれない。ショウは眞鍋組随一の命知らずの鉄砲玉だ。

「藤堂さんは僕の舎弟の桐嶋さんのお嫁さんなんだから、手を出しちゃ駄目だよ」

　氷川が宥《なだ》めるように胸や肩を叩きまくると、ショウは忌々《いまいま》しそうに舌打ちをした。

「何が嫁っスか。イジオットに日本を売りやがった奴なのに」

　ショウも藤堂がイジオットと結託していると思い込んでいる。

「もう、ショウくん……っと、清和くんまでやめて。ふたりとも朝っぱらからそんな怖い顔をしないで」

氷川はショウだけでなく、並々ならぬ殺気を発散させている清和に気づいた。藤堂の名前だけで火がつくのだから異常だ。

氷川は右手でショウの肩を叩き、左手で清和の頬を摩《さす》る。

「仕事に行かなくていいのか？」

清和に憮然《ぶぜん》とした面持ちで指摘され、氷川は自分の腕時計で時間を確かめた。すでに予定していた時間は過ぎている。

「……あ、急がないと遅刻だ。清和くん、藤堂さんに何かしたら許さないよ。いくらウラジーミルがくっついていても、藤堂さんはカタギになったんだからね」

氷川はすぐに出立しようとしたが、清和に尋常ではない殺気が漲《みなぎ》っているので離れられない。無意識のうちに、氷川の目が涙で濡《ぬ》れた。

「早く行け」

清和は氷川の潤んだ目から視線を逸《そ》らし、淡々と言い放った。ショウは清和の言動に仰天したのか、派手に上体を揺らしている。

「清和くん、どうしてそんな冷たいことを言うの？」

氷川は可愛い男の冷たい言動にますます目を潤ませた。

「ならば、行くな」

仕事を辞めろ、と清和は言外に匂《にお》わせている。清和を筆頭に眞鍋組構成員は一枚岩になって氷川に退職を迫っていた。

議論するまでもなく、氷川は仕事を辞める気は毛頭ない。清和が眞鍋組組長の座を追われたことでさらにその思いは強くなった。いざという時、氷川が自分の腕で清和を養わなければならないのだから。

「行かないと遅刻するから行く。行くけど、藤堂さんは僕の保護下にあるからね。藤堂さんを襲撃したら、僕はもう二度と清和くんとエッチしないよ」

氷川の伝家の宝刀ともいうべき一発に、ショウは地球外生物の断末魔のような声を漏らし、清和は渋面《じゅうめん》で黙りこくった。眞鍋の主従コンビの周りには喩《たと》えようのない悲愴《ひそうかん》感が漂っている。清和は言わずもがな単細胞という冠がつくショウも、氷川の本心だと察しているからだ。

「僕は清和くんとエッチできなくてもそばにいるだけでいい」

氷川は愛しい清和のそばで生きられるだけで充分幸せだから、さして身体の関係は重要視しない。もっとも、若い清和がほかの女性と肉体関係を結ぶことは許さないけれども。

「…………」

清和が無言で白旗を掲げたような気がした。

それだけはやめてください、ひでぇよ、蛇の生殺しよりひでぇ、姐さんは蛇よりひでぇのかよ、蛇の龍《りゅう》の生殺しってなんだよ、とショウは白い壁に向かってブツブツ呟《つぶや》いている。

ひとまず、ここまで持ち込んだら氷川の勝利だ。

「行ってくるね。これは藤堂さんに手を出さない約束」

氷川は強引に清和と指きりの約束をすると、駆け足でプライベートルームを出た。そのままノンストップのエレベーターで地下の駐車場に下りる。

氷川にはまったくわからないが、以前にも増して防犯設備が強化されているという。ショウは軽快な足取りで、高級車がズラリと並んだ駐車場を進んだ。

「ショウくん、清和くんの車が戻ってきたの？」

かつて清和が所有していた何台もの高級車は主だった資産とともに、眞鍋組三代目組長を名乗った加藤正士《かとうまさし》に奪《た》われた。加藤は京子《きょうこ》の操り人形だったが、清和の所有物を吸い上げることには長けていたようだ。

清和が味わった屈辱と怒りは筆舌に尽くしがたい。

「ああ、二代目は加藤の手がついた車なんかに未練はありません。新車です」

ショウは誇らしそうに言ったが、氷川はびっくりして駐《と》められていたストレッチリムジンを覗《のぞ》き込《こ》んだ。

「……え？　新しい車をもうこんなに買ったの？」

「そうッス。どれも新型ッスよ」

清和は加藤との戦いに勝利し、所有していた物件とともに高級車も取り戻した。けれども、加藤やその舎弟たちが握ったハンドルには触れたくないらしい。結果、新しい高級車を購入したのだ。

慎ましく生きてきた氷川には、さっぱり理解できない理屈である。

「清和くん、なんて恐ろしい子」

京子が仕組んだ罠《わな》は巧妙で、清和は未だかつてない苦戦を強いられたし、蓄えていた貯金も勝手に使われていた。そんな経済的余裕はないはずだ。

無駄遣いではないのか、と氷川は喉《のど》まで出かかったが、清和のメンツもあるので口にはしない。

「男っス」

ショウは得意そうに清和を褒《ほ》め称《たた》えた。

「男ってわけじゃないと思う」

意地なのかな、と氷川はなんとなくだが感じ取った。清和は決して見栄《みえ》を張るタイプではないが、どこか異常なくらい潔癖なところがある。

「俺だってあいつらが乗った車なんか乗りたくねぇ」

ショウは眞鍋随一の運転技術を誇り、車やバイクといった乗り物が無条件に好きだから、そんな拘《こだわ》りがあるのは意外だった。

「そうなの？」

「そうっス。ついでに姐さんの車も新車です」

氷川送迎用のベンツの周りには、清和の舎弟である宇治《うじ》や卓《すぐる》、諜報部隊《ちょうほうぶたい》に所属しているイワシも立っていた。

「姐さん、おはようございます」

清和の若い舎弟たちは、氷川に向かって深々と頭を下げる。皆、世間で一般人がイメージする暴力団構成員とは思えないくらい礼儀正しい。

「おはよう。みんな、揃ってどうしたの？」

もともと、氷川の送迎もボディガードもショウの役目だった。しかし、キナ臭い出来事が起こるたびに氷川のガードは増えていった。いや、正確にいえば、どこに飛んでいくかわからない氷川を案じてだ。

「どうしたもこうしたもないでしょう。俺ひとりで姐さんの護衛は無理っス」

どうも、氷川の送迎係を清和の舎弟たちは押しつけ合ったような気配がある。なかでもイワシから注がれる非難の目は格別だ。昨日、氷川はイワシの制止を振り切り、桐嶋の車に飛び乗ったのだから無理もない。

「ショウくん、その言い方はなんか嫌みっぽい」

氷川は苦笑いを浮かべながら、広々とした後部座席に乗り込んだ。続いてイワシや卓が氷川を囲むように後部座席に腰を下ろし、助手席には宇治が座ってシートベルトを締める。氷川とショウとの会話に聞き耳を立てているが、口を挟む気配は微塵《みじん》もない。

「嫌みじゃねぇっス。本気で言っている」

ショウは真剣な顔で言うと、運転席に俊敏な動作で乗り込んだ。

「さらに悪い。……っと、遅刻するから早く出して」

「わかっています。出します」

ショウは一声かけてからアクセルを踏んだ。

氷川を乗せた黒塗りのベンツは滑るように地下の駐車場から出て、眞鍋組が支配する街をスムーズに進む。Ｆ１ドライバー並みと絶賛されるショウの運転技術だ。

「ショウくん、怪我《けが》をした子たちのお見舞いに行きたい」

京子と加藤との戦いでは双方、無残にも死傷者が出ている。怪我がひどすぎて、未だに復活できない舎弟もいる。いや、本来ならばショウや卓もまだ安静にしていたほうがいいはずだ。

「姐さん、ほかの奴らも男だから勘弁してやってくれよ。あんな姿を姐さんに見られたくねぇんだよ」

ショウが清和と同じようなことを言ったので、氷川は大きな溜《た》め息《いき》をついた。

「僕は医者だから見慣れているのに」

昔気質《むかしかたぎ》の極道の薫陶《くんとう》を受けているからか、眞鍋組の熱血漢たちは、氷川に病室のベッドで寝ている姿を見られることをとてもいやがる。

「それとこれとは違うっス」

「みんな、ちゃんとおとなしくしているんだね？」

ショウは大怪我を負ってもベッドにいることをいやがって暴れた。清和やリキもショウを安静にさせるために苦労していたものだ。

「あいつらは医者の言うことを真面目《まじめ》に聞くんスよ。びっくりした」

「ショウくん、患者が医師の指示に従うのは当然です」

氷川が勤務する明和《めいわ》病院は高級住宅街が広がる丘にあり、必然的に患者の大半は裕福な層の人間たちだ。医師の助言に従わない高慢な患者が多いが、あえてこの場で口には出さない。ショウをつけあがらせないためだ。

「医者の中にとんでもねぇ医者がいるっス。なんか、普通の薬をガンに効くとかいって売っているとか？」

突然、ショウの口から意外な話が飛びでたが、氷川にも思い当たる事実だ。藁《わら》にも縋《すが》る思いのようなガン患者の弱みにつけ込んだ商売は、呆《あき》れるぐらいあちこちに転がっている。広告のチラシを見ても、この世に治せないような病はないとばかりの煽《あお》り文句《もんく》が躍っていた。

「嘆かわしい医者がいることは事実です。臨床データが充分じゃないサプリメントや健康食品をガン患者に売りつける商売はやめさせたいね」

その行為を悪だと認識している医師もいれば、正義だと自負している医師もいる。特に始末に負えないのは後者だ。

「いや、とんでもねぇ医者から金を巻き上げられないかな、って」

ショウは正義感に駆られたのではなく、金の匂いに引き寄せられたらしい。

「ショウくん、なんてことを言うんだ。清和くんは新しいタイプのヤクザじゃないの？」

清和が医師から金銭を吸い上げようと画策しているとは考えたくない。眞鍋組を犯罪組織にはしない、と清和は眞鍋組の金看板を背負った時から主張し、その結果、古参の幹部から反感を買ったのだ。

眞鍋組といえど内部が割れていたら遠からず崩壊する。清和には古参幹部の筆頭格、眞鍋組の三代目組長を名乗った加藤正士の父親を葬り去った過去がある。

「二代目じゃねぇっス。桐嶋組長が言っていました」

ショウはハンドルを右に切りつつ、あっさりと犯人を明かした。

「桐嶋さんがそんなことを……」

桐嶋は義理に厚く、人情に脆《もろ》く、熱い血潮の流れる申し分のない男なのだが、倫理的にはどこか緩い。

「桐嶋組長はいい男ッス」

「藤堂さんはそのいい男である桐嶋組長の大事な人だからね。わかっているね？」

氷川が確認するように言うと、ショウだけでなく右隣にいる卓からも舌打ちが聞こえてきた。

「卓くん、箱根《はこね》のお坊ちゃまが舌打ちなんて……」

「俺はもう箱根のお坊ちゃまではありません」

「卓くんは今でも箱根のお坊ちゃまです。藤堂さんは芦屋六麓荘《あしやろくろくそう》のお坊ちゃまです。お坊ちゃま同士、意外と気が合うんじゃないかな」

氷川が勤務先に到着するまで釘《くぎ》を刺し続けたのは言うまでもない。

感嘆するぐらい勤務先はいつもとなんら変わらない。

医局もいつもと同じように話題の中心は遊び相手の女性についてである。クリスマスが目の前に迫っているから、妻子持ちの医師はそれぞれ不倫相手からいろいろとねだられているらしい。

「クリスマスはマキシムでフランス料理のフルコースを食べて、帝国《ていこく》ホテルのスイートに泊まりたい、と二十歳《はたち》の女子大生に言われました。クリスマスプレゼントはカルチエの指輪とネックレスです」

甘やかしすぎたかな、と中年の眼科医は恥ずかしそうに続けた。

「私はグランドハイアットに泊まりたい、とキャビンアテンダントに言われました。クリスマスプレゼントはハリー・ウィストンの指輪とイヤリングです」

制服を脱いだらキャビンアテンダントの魅力が半減だな、と定年前の耳鼻咽喉科《じびいんこうか》医はどこか遠い目で呟いている。

もちろん、氷川は医師たちの会話には加わらず遅い昼食を平らげた。今年のクリスマスは例年と違って氷川の心も躍っている。

清和くんとどんなクリスマスを過ごそうか、と氷川はコーヒーを飲みながら愛しい男を瞼《まぶた》の裏に再現した。

わざわざ高い料理を食べたり、ホテルに泊まる必要はない。ふたりでゆっくり過ごすのが一番かもしれない。クリスマスだから奮発して、伊勢海老《いせえび》料理に挑戦するのもいいかもしれない。クリスマスだからオーソドックスに七面鳥もいいかもしれない。

いや、昨日、ショウとギョーザパーティを約束した覚えがある。クリスマスが迫っているから、ギョーザパーティではなくクリスマスパーティにしたほうがいい。氷川にしろ清和にしろショウにしろ忙しいから、ギョーザパーティとクリスマスパーティを両方楽しむ時間はないはずだ。

クリスマスパーティのメイン料理はショウくん好みのニンニクをたっぷり入れたギョーザだ、清和くんも好きだし、と氷川はギョーザに舌鼓を打つショウと清和を脳裏に浮かべる。ショウとギョーザが出てきた時点でロマンチックなクリスマスのムードは欠片《かけら》もないが、陰鬱《いんうつ》な戦いが続いたからそれもいいのかもしれない。

氷川が頭の中でクリスマスパーティの予定を立てていると、病棟から呼びだしがあり、医局から早足で飛びだした。

担当患者の血圧が異常なまでに上がり、意味不明な言葉を口走っているという。そうなったら氷川の頭の中にも心にも清和はいない。氷川の頭も心も占めているのは容態が急変した患者だけだ。

氷川は内科医としてしかるべき処置を適切に施した。その判断は間違っていないと自負している。

結果、担当患者の容態が安定したのでほっと胸を撫《な》で下《お》ろした。もっとも、まだまだ予断を許さない。

病棟のナースステーションで看護師長と話し合っていると、患者の見舞いと思われる青年たちが通り過ぎていったが騒がしいことこのうえない。

立場上、氷川と看護師長は見逃すわけにはいかなかった。

「氷川先生、今に始まったことじゃないけど、彼らはここが病院だって忘れているわね」

「そうですね」

氷川は厳しい顔つきで青年たちの団体を呼び止めて注意をした。だが、青年たちはおとなしく聞いてはいなかった。

「おい、俺たちを誰だと思っているんだよ。ブラッディマッドだぜ」

ブラッディマッド、というところにリーダー格らしき青年は独特のイントネーションをつけたが、氷川はまったく動じなかった。傍らに立つ看護師長にしてもそうだ。そもそも、ブラッディマッド、と言われても何がなんだかわからない。

「それはなんでしょう？」

氷川はおくせずにリーダー格の青年を見据える。

「おっさん、ブラッディマッドも知らねぇのかよ。ブラッディマッドがその気になれば、こんな病院はすぐに燃えるぜ」

おっさん、と青年に言われても、氷川は顔色を変えたりはしない。遠からず、三十代に手が届く。

「放火予告なら警察に通報します」

「怖いおっさんだな」

氷川の物怖《ものお》じしない態度に押されたわけではないだろうが、青年たちは悪態をつきながらすごすごと病棟から去っていった。
「氷川先生、ブラッディマッドってなんですか？　若者に人気のなんかでしょうね？」
看護師長に問われても、氷川に答えられるはずがない。
「さぁ、若者に人気のお店とか？　ゲームとか？　……あ、彼らは威嚇《いかく》に使っていました
よね？」
ブラッディマッドが何かわからず、氷川と看護師長が首を捻《ひね》っていると、背後にいた入
院患者が掠《かす》れた悲鳴を上げた。
「……ひっ、ブラッディマッド？」
昨夜、入院したばかりの中島《なかじま》は氷川の担当患者であり、強い心因性のストレスで身体を
壊したと診断していた。
「中島さん、どうされました？」
中島が冷たい廊下に崩れ落ちたので、氷川は慌てて駆け寄った。
「ブラッディマッド？　ブラッディマッド？　ブラッディマッドが襲ってきたんです
か？」
中島の態度からブラッディマッドは恐怖の対象になる存在なのだとわかった。ふと、昨
今、新聞や週刊誌などのメディアでも取り上げられている暴走族が氷川の脳裏に浮かん

だ。ブラッディマッド、確か、暴走族というよりギャング化した犯罪組織のような集団がそんな名前だった。

「ブラッディマッドを名乗った人たちは帰りました」

彼らは暴走族だったのか、と氷川はようやく納得する。

「ブラッディマッドが帰っていった？　そんなはずはない」

中島はブラッディマッドのメンバーの取った行動が信じられないらしい。

「いえ、注意したら、ブラッディマッドは帰りました。中島さん、病室に戻りましょう。血圧を測らせてください」

氷川と看護師長は中島を支えるようにして歩き、赤いチューリップが飾られた病室に入った。中島はトイレや洗面所が完備された個室に入っている。

看護師長は中島をベッドに寝かせてから酸素飽和度と血圧を測った。そんなに危険な数値ではないので安心する。

「……氷川先生、それ、本物のブラッディマッドじゃない。ブラッディマッドなら相手を半殺しにするまで帰らない。ブラッディマッドを騙《かた》る偽物かもしれない」

顔面蒼白《がんめんそうはく》の中島から出た言葉に意表を突かれ、氷川の長い睫毛《まつげ》に縁取られた目が大きく揺れた。

「……へ？　ブラッディマッドを騙る偽物？」

どの暴力団にも所属できないチンピラがいきがって眞鍋組の名を出すことと同じなのか、氷川はつい先ほどの騒がしい青年たちを脳裏に再現した。眞鍋の名を騙ってホステスを口説いたり、飲食店の支払いをしなかったり、みかじめ料と称して金を毟《むし》り取《と》ろうとしたり、脅迫したり、偽物には眞鍋組もいろいろと被害に遭っている。

「ブラッディマッドは恐ろしいから……目をつけられたら終わりです……ブラッディマッドじゃなくてよかったですね……」

「中島さん、ブラッディマッドをご存じなんですか？」

真面目そうな中島がブラッディマッドに関与しているとは思えないが、氷川も人のことは言えない。

「……僕がこんな病気になった原因はブラッディマッドです。聞いてくださいますか？」

中島は多忙な担当医を気遣える入院患者だ。氷川がこの場に留《とど》まることを心配しているらしい。

「差《さ》し支《つか》えなければ担当医として聞きたいです」

時に病気の原因になった話をするだけで快方に向かうケースがある。氷川は担当医として力強く言い切った。

「……僕自身、平凡なサラリーマンです。その日はたまたま高校時代の友人と一緒に渋谷《しぶや》のバーで飲んでいたんです」

中島はどこか遠い目で半年前に起こった惨事について語りだした。渋谷のバーは老舗《しにせ》に数えられる名店であり、モデルやタレントも通っているという。中島ひとりならば敷居が高いが、レストランを経営している友人に誘われて入店した。

中島がジンベースのギムレットを注文した時、突然、赤い特攻服姿のブラッディマッドのメンバーが入ってきて、バーの中央に陣取っていた男たちに鉄パイプを振り下ろした。

一瞬にして、ジャズが流れていたバーは騒然となる。

ブラッディマッドは鉄パイプや野球バットで狙った相手を滅多打ちする。慌てて止めに入った警備員も容赦なく打ちのめす。目や頭など、急所を狙うのだから凄《すさ》まじい。

『またブラッディマッドか』

『ブラッディマッドだからこのままじゃ終わらないわよ。ターゲットは拉致されて監禁されてリンチ?』

『リンチですめばいいさ。グロいホモビデオに録《と》られた後にこの店の前に素っ裸で捨てられるかもな』

渋谷で遊んでいる者たちは、バーにいきなり乗り込んできた輩《やから》を知っていた。中島の友人も常識だというようにブラッディマッドを知っていた。

中島も新聞で派手な暴力事件を連発しているブラッディマッドの名は知っていたが、ここまで凶悪だとは夢にも思っていなかったという。

予想だにしていなかった事態に中島の足は竦《すく》み、友人に抱えられるようにしてバーから脱出しようとした矢先、ブラッディマッドのひとりに呼び止められた。

『キサマ、加古川《かこがわ》じゃないか。こんなところにいやがったのかよ。覚悟しやがれ』

ブラッディマッドのメンバーから振り下ろされた鉄パイプで、中島は意識を失った。何か叫んだ友人も同じように鉄パイプを頭上に食《く》らったという。

中島が意識を取り戻したのはどこかの廃墟《はいきょ》であり、目の前では見知らぬ男に凄惨《せいさん》なリンチが行われていた。

拉致した男がどんなに詫《わ》びても、ブラッディマッドのリンチは終わらない。拉致した男が気を失ったらいったん中止するが、目覚めたらリンチは再開される。

そのうえ、拉致した男をゲイ専門のＡＶに強引に出演させる。

肉体的にも精神的にも敵対した相手を妥協せずに追い詰めるブラッディマッドには、人としての赤い血は流れていないようだ。

中島は加古川という男に間違えられて拉致され、リンチされかかったが、総長の奏多《かなた》がそれに気づいたので九死に一生を得た。

『馬鹿野郎《ばかやろう》、こいつは加古川じゃない』

奏多からは謝罪の一言もなかったが、中島の手には一万円札の束が握らされた。中島の友人も加古川の関係者として拉致されていたが、同じように百万円手渡された。おそらく、詫び料なのだろう。

中島は無事に解放されたが、精神的ダメージが大きく、体調を崩して入退院を繰り返すようになった。半年たっても依然としてその心の傷は癒《い》えていない。

初めて聞く中島の体験に氷川は衝撃を受ける。

「……とんだ災難に……運が悪かったのですね……」

氷川は言葉を選ぼうとしたが、無意識のうちに口から出てしまった。けれど、中島に気分を害した様子はない。

「はい、運が悪かったんでしょう。ブラッディマッドの襲撃現場にたまたま居合わせて、敵対するチームのトップに間違えられて拉致されたのですから」

忘れましょう、と言っていいのか悪いのか、氷川は思い悩んだ挙げ句、口にはしない。中島本人が誰よりも忘れたがっている悪夢だからだ。忘れようとしてさまざまな努力もしているに違いない。

「中島さん、人違いだって気づかれてよかったですね」

「不幸中の幸いでした。けど、僕はネットであの時にリンチを受けていた男の写真を見てしまったんです」

外国人男性とセックスしていました、と中島は焦点の定まらない目でボソボソと続けた。

「……え？」

聞き間違いかと、氷川は自分の耳を疑った。

「僕はあんな写真を捜していたんじゃないんです。ただ単に接待に使う店を調べていたんです」

中島は呆然《ぼうぜん》としているが、氷川もわけがわからない。どうして接待場所を検索して、男同士の性行為の画像にヒットするのだろう。

「どうしてそんなことに」

「僕はつくづく運が悪いんでしょうか？　気持ち悪くて駄目です。大事な接待の前に高熱で寝込みました。男相手の接待はもう無理です。接待の相手は男ばかりです」

男同士の性行為の画像でノックアウトなんてどれだけ繊細なんだ、と氷川は変なところで感心してしまった。何しろ、昨夜、氷川は清和相手にＡＶ女優紛《まが》いの破廉恥《はれんち》な痴態を晒《さら》している。

「繊細なんですね……いいえ、お気の毒に……」

いろいろな要素が重なって、中島に復活できないほどのダメージを与えたのだろう。男同士の性行為の画像はきっかけにすぎない。

「自分でもよくわからないのですが、取り憑かれたようにネットでブラッディマッドを検索するようになってしまい、さらにひどい写真を見てしまったり、今までに起こした暴力事件を見たりして……」

中島は自分で袋小路に迷い込んでいるような気配がある。いや、中島本人もよくわかっているだろうが、ブラッディマッドを追わずにはいられないのだ。

「カウンセリングを受けましょう」

氷川が担当医として指示すると、中島は力なく頷いた。

運が悪かった中島に同情しつつ、変に肩入れしたりはしない。あくまで担当医として通すだけだ。

それ以後も氷川は内科医として自分の仕事をこなした。

3

十時過ぎに仕事を終えて、氷川《ひかわ》はロッカールームでショウにメールを送信した。桐嶋《きりしま》からはメールが届いていた。

『姐《あね》さん、ダーリンにカズを許すように頼んでくれ』という文面に、氷川の背筋が凍りついた。

あれだけ口を酸《す》っぱくして言ったのに、清和《せいわ》は執拗《しつよう》に藤堂《とうどう》を狙《ねら》ったのだろうか。藤堂を狙ったら桐嶋が爆発することぐらいわかっているはずだ。

清和が眞鍋《まなべ》組の二代目組長に復帰して、ほかの組織を暴力的な手段で追いだしたが、不夜城は安定しているわけではない。数多《あまた》の組織が虎視眈々《こしたんたん》とクリスマスで金が落ちる不夜城を狙っている。必然的に清和と桐嶋は揉《も》めるわけにはいかない。

氷川はいてもたってもいられず、桐嶋の携帯電話の着信音を鳴らしたが、すぐに留守番電話に切り替わった。

桐嶋に何かあったのだろうか。

胸騒ぎがするが、ここで氷川が狼狽《ろうばい》しても仕方がない。ロッカールームから出て、ショウとの待ち合わせ場所に向かった。

祈るような気持ちで足早に歩いていると、夜の帳《とばり》に覆われた空き地に辿《たど》り着《つ》く。すでにショウや宇治《うじ》、卓《すぐる》やイワシは送迎用のベンツの前で待機していた。ガードは今朝と同じメンバーだ。

「姐さん、お疲れ様です」

氷川は挨拶《あいさつ》もせず、ショウに早口で尋ねた。

「ショウくん、藤堂さんを攻撃したの？」

氷川の言葉にショウは下肢を派手に揺らし、宇治や卓、イワシはそれぞれ頬《ほお》をヒクヒクと引《ひ》き攣《つ》らせた。

氷川とショウの間に強風で飛ばされてきた枯れ葉が舞い上がる。

「姐さん、寒いから車の中に」

ショウに注意されるまでもなく、この場を明和《めいわ》病院関係者に見られて困るのは氷川のほうだ。

「そうだね」

氷川が後部座席に乗り込むと、卓とイワシが辺りを窺《うかが》いながら続いた。宇治が助手席に腰を下ろし、ショウが指定席の運転席に座る。

「出します」

ショウは一声かけてからアクセルを踏み、静まり返った夜の丘を進む。あっという間に瀟洒《しょうしゃ》な高級住宅街が広がる丘を下り、洒落《しゃれ》た店が立ち並ぶ街に入った。

建物や街路樹はクリスマスのイルミネーションに彩られ、普段ならば見ているだけでも胸が弾むが、さすがに今はそんな心境ではない。ショウのわざとらしい鼻歌が響く車中、氷川は沈痛な面持ちで切りだした。

「ショウくん、正直に言って。藤堂さんを攻撃したの？」

ショウの鼻歌がピタリと止まったが、氷川の質問に対する返事はない。氷川を挟むようにして座っている卓とイワシは、車窓に顔を向けたまま視線を合わせようともしない。

「卓くん、清和くんは桐嶋組に殴り込んだの？」

氷川が右隣に座っている卓の膝《ひざ》をリズミカルに叩《たた》きながら尋ねた。

「……二代目も眞鍋も桐嶋組に殴り込んではいません」

観念したのか、氷川には抵抗しても無駄だと悟っているのか、卓は指名を受けたら素直に答えた。もっとも、返答に含みがあることはなんとなくだが気づく。

「殴り込んではいない？　でも、桐嶋組のシマに眞鍋のヒットマンが張り込んでいるの？」

眞鍋組の息のかかったヒットマンの影がなければ、桐嶋からあのメールは送られてこないだろう。

「ヒットマンは張り込んでいません。ただ眞鍋の男が桐嶋組のシマで遊ばせてもらっているだけです」

卓は言い回しを変えたが、氷川は騙《だま》されたりはしなかった。

「卓くん、桐嶋組のシマで遊んでいるのは清和くんの舎弟でしょう？　それも単に遊んでいるわけじゃないんでしょう？」

まだまだ若いし、勤勉な優等生だった清和に舎弟は少ない。しかし、それぞれ際立《きわだ》った才能を持つ舎弟ばかりだ。清和が指示を送れば、舎弟はその場で藤堂の命を狙うヒットマンになるだろう。退路を考慮しないヒットマンは無敵だ。

「姐さん、考えてもくださいよ。あの藤堂ですよ？　あの藤堂をノーマークにできるわけないでしょう？」

「桐嶋さんがついているから心配ないのに」

「藤堂なら桐嶋組長ぐらい簡単に煙《けむ》に巻きますよ」

腕力勝負ならば勝利者は桐嶋に決まっているが、そうでなければ藤堂は優秀な頭脳を働かせて勝利を得るだろう。氷川にしても藤堂の掌《てのひら》で転がされる桐嶋が容易に想像できる。

「……ん、それは僕も否定できないけれど、今回ばかりは桐嶋さんを信じてあげてほしい。藤堂さんは桐嶋さんのところにいるんでしょう？」

藤堂のことに関して桐嶋がどれだけ悔やんでいたか、氷川は痛いぐらい知っている。桐嶋から見た藤堂は今でも世間知らずの良家のご子息のままなのだ。藤堂はおくびにも出さないが、悲しい過去を背負っている。

「桐嶋組長が暮らしている桐嶋組のビルの一室に藤堂を閉じ込めているようです。桐嶋組の組員たちは戸惑っているみたいですね」

桐嶋組の構成員は以前、藤堂組の構成員だった。桐嶋が桐嶋組を立ち上げて以来、新しい構成員も何人か入ったが、その構成は藤堂組時代とたいして変わっていない。

「そりゃ、藤堂さんが前の組長だから……え？　あれは何？」

氷川が車窓に異様なバイクの集団を見つける前に、ショウを筆頭にほかの男たちは気づいていたらしい。ハンドルを握るショウも助手席にいる宇治も後部座席にいる卓も、戦う男の目になっていた。

何しろ、大型バイクの数は尋常ではないし、ライダーは赤い特攻服を身につけ、『BLOODY　MAD』というロゴが入った血まみれの旗を靡《なび》かせている。

「姐さん、気づかれましたか。必ずお守りしますから落ち着いてください」

イワシはいつもと同じ声音で言ったが、知らないうちにその手には鈍く光る拳銃《けんじゅう》が握られている。

「……イワシくん、なんて恐ろしいものを持っているの」

氷川が驚愕《きょうがく》で目を瞠《みは》ると、イワシは険しい顔つきで言った。

「あいつら、ブラッディマッドです。タチの悪い暴走族でわざと大事になるように派手にやりやがるんですよ」

「暴走族のブラッディマッド？　……あぁ、あの鬼畜みたいなブラッディマッド？　本物？」

今日、入院している担当患者からブラッディマッドの非道ぶりを聞いたばかりだ。病院に現れたブラッディマッドは偽物だと担当患者は言っていたが、今回は本物なのだろうか。

「本物です」

「本当に本物？　ブラッディマッドのふりをしている集団じゃないの？」

「ブラッディマッドのふりをして走ったら、ブラッディマッドに抹殺されます。そんな馬鹿《ばか》はいませんよ」

暴対法が施行されて暴力団は動きにくくなり、それを嘲笑《あざわら》うかのように台頭してきたのが暴走族で、ブラッディマッドは代表的な集団だ。一説によれば、ブラッディマッドは総長の下《もと》に固く団結し、小規模な暴力団を凌駕《りょうが》する組織力を持っているという。

「本物なのか」

氷川が念を押すように言うと、イワシは拳銃を構えたまま答えた。

「はい、本物です」

「今日、病院でブラッディマッドを名乗る見舞い患者がいたことを知っているね？」

あまりにもいろいろとありすぎたせいか、未《いま》だ不安定な状態だからか、どこにどう飛んでいくかわからない核弾頭を危惧《きぐ》してか、病院内でも眞鍋組関係者が密《ひそ》かに氷川のガードについている。

「はい、姐さん、ご立派でしたが、本物のブラッディマッドでしたら危なかったです。あいつらは失明させるような真似《まね》も平気でやります」

ブラッディマッドの暴力の被害者には、失明した者が少なくないし、ずっと意識が戻らない者もいるという。

「ブラッディマッドはそんなに危険？」

「はい」

「僕、ここら辺で暴走族を見たのは初めてだ」

すでに瀟洒な高級住宅街が広がる丘は遠いが、最寄り駅周辺も都内屈指の洗練された街であり、歩いている人も走っている車もそれなりだ。ブラッディマッドに限らず、暴走族が走るような場所ではない。

「姐さん、気づかないでください」

イワシが苦々しく言った瞬間、氷川はブラッディマッド出現の理由を察した。

「この暴走族は僕を狙っているの？」

氷川はブラッディマッドのターゲットになる理由がわからない。担当患者のように誰かに間違えられたのだろうか。

「……ん、ブラッディマッドの頭の奏多《かなた》がいるから、ショウを狙っているのかもしれませんが」

イワシの口ぶりでは、ブラッディマッドのトップとショウは何かしらの因縁があるようだ。

「ショウくん？　ブラッディマッドの子をいじめたの？」

氷川が素《す》っ頓狂《とんきょう》な声を上げると、ショウは運転席で低く唸《うな》った。

「……だ、誰もいじめていません。俺はいじめなんてしません」

ショウを運転に集中させるためか、言葉足らずを知っているからか、氷川を納得させないと危険だと判断したのか、イワシがブラッディマッドの奏多について滔々《とうとう》と語りだした。

「姐さんもショウが暴走族だったことは知っていますね。ショウは毘沙門天《びしゃもんてん》という暴走族で京介《きょうすけ》とともに狂犬と呼ばれて恐れられていました」

一昔前、暴走族全盛期にショウが所属していた毘沙門天も、奏多が所属しているブラッディマッドも結成された。どちらも暴走族の中で歴史を誇るチームであり、不良少年の間では一種のステイタスになっている。

「その毘沙門天っていう暴走族に宇治くんもいたんだね？」

「二代目には子飼いの舎弟がいませんでしたから、ショウがめぼしいメンバーを連れてきてくれたんですよ。まぁ、今の眞鍋組は毘沙門天の就職先といってもいいでしょう」

「うん、医大と病院もそんなものかな？　うちの病院は清水谷《しみずたに》系の病院だし」

　氷川が勤務している明和病院は、院長を筆頭に清水谷学園大学医学部を卒業した医師が多く、俗に『清水谷系』と呼ばれている。眞鍋組には毘沙門天上がりの中年の構成員が何名もいる。

「昔から毘沙門天とブラッディマッドは仲が悪かったんですが、力は拮抗《きっこう》していました。ですが、ショウと京介が毘沙門天からデビューしたらパワーバランスが崩れました。ショウと京介はむちゃくちゃ強かった」

　初代総長の時代から反目し合っていたが、毘沙門天にショウと京介が登場した途端、関東の勢力図は塗り替えられた。

「ひょっとして、その時にショウくんはブラッディマッドをいじめちゃったの？」

「当時のショウと京介に『ほどほど』という考えはありません。ブラッディマッドを徹底的に叩きのめして解散に追い込みました」

　ショウと京介は伝説になるほどの凄《すさ》まじい勢いと圧倒的な強さで関東の暴走族を制圧したが、その中には伝統を誇るブラッディマッドも含まれていた。

　結果、ブラッディマッドは九代総長の時代に解散し、ショウと京介の勇名はますます轟《とどろ》いたのだ。

「ブラッディマッドは解散したのにまた復活したの？」

「去年、奏多がブラッディマッドを復活させてトップに立ったんです。ああ、もう、これがひどい。メディアに流せないようなこともさんざんやりやがった。今もその最中です」

去年、奏多がブラッディマッドを復活させて十代目総長の座に就《つ》くと、それまで溜《た》まりに溜まった鬱憤《うっぷん》を晴らすかのように暴れだしたのだ。奏多に暴走族における暗黙の了解はいっさいなく、敵対する相手を潰《つぶ》す手段は狂気じみていた。狂犬以上の狂犬、と奏多が恐れられる所以《ゆえん》だ。

「その奏多くんがショウくんを意識しているの？」

奏多がかつてブラッディマッドを解散に追い込んだ張本人に敵意を抱くのは、必然的な流れかもしれない。

氷川を乗せた車はいつの間にかブラッディマッドのバイクに囲まれ、身動きが取れない状態になっている。

いやでも車内の緊張感は高まるが、イワシは構わずに話し続けた。

「対抗心を燃やしているのは間違いない。今まで正面からぶつかるのは避けていたようですが、奏多が藤堂についているのでどうなるかわかりません」

イワシの口から予想だにしていなかった名前が飛びだし、氷川は仰天して後部座席から滑り落ちそうになってしまったが、すんでのところで踏《ふ》み留《とど》まる。

「……え？　その凶暴な奏多くんは藤堂さんと仲良くしているの？」

氷川にはスマートな紳士と鬼畜じみた狂犬がどうしても結びつかない。そんなふたりでは会話も成り立たないだろう。

「語弊があるかもしれませんが、奏多は妙に藤堂に懐《なつ》いています。ほかの有力な暴力団も奏多を自分のところに組み込みたくて躍起になっているんですが」

極道界も奏多率いるブラッディマッドの勢いが無視できず、いろいろと画策しているが、未だこれといった関係のある暴力団はなかった。それなのに、奏多はよりによって、薬屋と侮辱されていた藤堂といい関係を築いているというのか。

「今も藤堂さんと奏多くんの仲はいいの？」

「藤堂がロシアから帰国して、真っ先に会ったのが奏多のようです」

イワシは諜報部隊《ちょうほうぶたい》で摑《つか》んでいた情報を明かしたが、当然の如《ごと》く氷川は初耳である。長い睫毛に縁取られた目を大きく揺らした。

「……え？」

「藤堂と奏多が何か起こしたら戦争になる可能性があります。これで藤堂をノーマークにできない理由をわかってくれましたね？」

藤堂の頭脳と奏多率いるブラッディマッドの組織力と破壊力があれば、眞鍋組に匹敵する脅威になりうるかもしれない。もっといえば、暴対法や仁義に縛られていないぶん、藤堂と奏多のほうが有利だ。

氷川は改めて清和から殺気が消えなかった理由を理解した。

「藤堂さん、どうしてそんな凶暴な子と仲良くするの？」

氷川が素朴な疑問を投げた時、ブラッディマッドのやけに細いメンバーがスプレーを手に後部座席の車窓に吹きかけた。

「この野郎っ」

ショウがハンドルを握ったままいきり立つが、助手席の宇治が低い声で制止した。

「ショウ、落ち着け。いくら奏多でもこんなところで騒ぎは起こさない」

「こんなところだから奏多はやるんだろう」

渋谷《しぶや》や六本木《ろっぽんぎ》界隈《かいわい》のクラブやバーで、毎晩のようにブラッディマッドは噂《うわさ》になるようにわざと暴れている。周囲に恐れられることが、そのままブラッディマッドの勢いに繋《つな》がるからだ。

「いくら奏多でも、眞鍋の姐さんにケンカを売ったらどうなるかわかっているはずだ」

奏多は相手が誰であれ、敵と見なしたら容赦せず、小さな規模の暴力団を制圧した武勇伝も持っている。

「ケンカから逃げたらリンチが、ブラッディマッドの鉄則だぜ」

極道の義理や仁義といったしがらみを馬鹿にしているが、ブラッディマッドにはブラッディマッドの鉄則が存在する。

到底、一般人の氷川には理解できない鉄則だ。

「だから、ショウ、そもそもケンカを吹っかけなきゃいいんだよ」

毘沙門天の旗の下で大型バイクを飛ばしていた頃、なんの考えもなしに真っ先にケンカを仕掛けるのはいつだってショウだった。結果、破竹の勢いで関東を制圧することになったが。

「敵を見てケンカを仕掛けなきゃリンチも、ブラッディマッドの鉄則だろう?」

ショウも奏多を意識しているのか、やたらとブラッディマッドの掟《おきて》に詳しい。

「ショウ、お前、まさかとは思うが、奏多とやり合いたいのか?」

切り込み隊長の性格を知り尽くしている宇治ならではの質問に、氷川は息を呑《の》んだが、ショウはハンドルを左に大きく切りながら答えた。

「姐さんのいないところでやり合いたい」

ショウが本心を口にすると、宇治はこめかみを押さえ、イワシは苦笑いを浮かべた。眞鍋が誇る特攻隊長は誰よりも熱い命知らずだ。

「ショウくん、暴走族とやり合ってはいけません。奏多くんからケンカを売られたら逃げなさい」

担当患者から聞いた奏多は血も涙もない鬼畜だった。ショウは乱暴でガサツで喧嘩《けんか》っ早《ぱや》いが、決して血も涙もない鬼畜ではない。取り返しのつかない事態を引き起こしそうで、氷川はショウと奏多を戦わせたくなかった。

「逃げるのは絶対にいやっス」

ショウは常日頃、氷川に最大限の礼儀を払っているが堂々と逆らった。後輩率いる毘沙門天が奏多に制圧されたからか、並々ならぬ闘志を燃やしている。

「ショウくんっ」

氷川が金切り声を上げた時、体格のいいメンバーが手にしていた鉄パイプが車体めがけて振り下ろされた。

もっとも、氷川用の送迎車は特別仕様でそれぐらいではビクともしない。ただ、ブラッディマッドの走行妨害を、ショウの運転技術だけで躱《かわ》すのもそろそろ限界だ。おそらく、ショウでなければとっくの昔に車は横転していただろう。

「この野郎、マジでやる気か？」

ショウの怒りに火がついた瞬間、ブラッディマッドのメンバーは蜘蛛《くも》の子《こ》を散らすように去ってしまった。

これらはほんの一瞬の出来事であり、氷川は瞬《まばた》きする間もなかったほどだ。

「……え？　急に現れたと思ったら急に消えた？」

イワシもブラッディマッドらしからぬ呆気《あっけ》なさに戸惑ったらしく、怪訝《けげん》な顔で手にしていた拳銃を収めた。

「……応援がきたわけではありませんね」

イワシはブラッディマッドの気配を感じ取った瞬間、サメに連絡を入れている。だが、なかなか眞鍋組諜報部隊のメンバーが駆けつけないから密かに焦《じ》れていた。

「……あ、サツだ」

卓は武器であるナイフを握り締めたまま、巨大なクリスマスツリーの陰から現れたパトカーを示した。

よく考えてみれば、洒落た街にいきなり暴走族が現れたらすぐに通報されるだろう。何せ、今までこの界隈に暴走族は一度も出没しなかったのだから。

「サツ？　それでブラッディマッドは去ったのか」

イワシが納得したように言うと、ショウはブラッディマッドを鼻で笑い飛ばした。

「サツが怖いなんてブラッディマッドもたいしたことねぇな」

「ショウくん、なんてことを言うのっ」

氷川が真っ赤な顔で怒ると、卓はナイフをしまいながらイワシに尋ねた。

「そんなことより、イワシさん、これは藤堂の命令なのか？」

氷川も知りたいことなので耳を澄ましたが、イワシから期待したような答えはなかった。

「卓、俺にわかるわけないだろう。ショウや宇治だってわからないさ。二代目組長にもリキさんにも祐《たすく》さんにもわからない。全財産賭《か》けてもいいがサメさんだって絶対にわからない」

わからないを連発するイワシには鬼気迫るものがあったが、気の抜けない日々に精神が擦り切れていることは間違いない。

「そんなに力説しなくても……」

卓がイワシに向けた言葉は、氷川の気持ちと同じだ。車内に微妙な空気が流れた時、卓の携帯電話の着信音が鳴り響き、即座に応対する。

「はい、卓です。お疲れ様です……え？　はい、はい、わかりました。姐さんを連れて参ります」

卓は話し終えると携帯電話を手にしたまま、氷川に向かって抑揚のない声で言った。

「姐さん、祐さんから連絡がありました。このまま眞鍋組総本部に行っていただきます」

極力、仕事に関《かか》わらせないようにしているのに、氷川を眞鍋組総本部に呼びだすなど、異常事態発生の狼煙《のろし》以外の何物でもない。

「いいけど、何があったの？　また戦争？」

とうとう長江《ながえ》組が東京に進出するために仕掛けてきたのか、性懲《しょうこ》りもなく浜松《はままつ》組や六《ろく》郷会《ごうかい》が暴れているのか、清和が破門した構成員たちが徒党を組んで挑んできたのか、名取《なとり》グループの秋信《あきのぶ》社長の関係者が復讐《ふくしゅう》を企てているのか、ロシアン・マフィアのイジオットが攻めてきたのか、タイ・マフィアのルアンガイが乗り込んできたのか、福建省系《ふっけんしょうけい》チャイニーズ・マフィアか、韓国系《かんこくけい》マフィアか、シンガポール系マフィアか、コロンビア系マフィアか、氷川にはあまりにも心当たりが多すぎる。

「何があったのかわかりませんが、姐さんを呼ぶ理由はひとつしかないと思います」

まかり間違っても、抗争勃発《ぼっぱつ》で氷川を眞鍋組総本部に呼んだりはしない。氷川は祐に呼ばれた過去を思い出した。

「……パンツを脱げ？」

氷川が真顔でズバリ聞くと、卓は恥ずかしそうに頰を染めた。

「……た、たぶん……」

それ以外で祐が核弾頭と称される氷川を眞鍋組総本部に呼びつけるとは思えない。

「清和くんを怒らせるようなことがあったんだね」

氷川がしみじみ言うと、卓は苦笑を漏らした。

「二代目は理不尽な怒り方はしません。理不尽な怒り方をするのは祐さんです」

よほど鬱憤が溜まっているのか、卓の口からスマートな策士の名前がポロリと漏れた。

「卓くんはまだ祐くんにネチネチといじめられているの？」

氷川は祐が卓を変に気に入り、妙な可愛《かわい》がり方をしていることを知っている。

「はい、スポーツジムの一件が尾を引いています」

以後、目的地に到着するまで、真綿で首を絞めるような祐のいたぶり方を聞かされることになった。清和を筆頭にリキや橘高《きったか》も、フルパワーの祐には太刀打ちできない。ただただ卓は祐の仕打ちに耐えるだけだ。

「祐くん、恐るべし」

氷川が驚嘆の声を上げた時、見慣れたネオン街が視界に飛び込んでくる。大通りに面した眞鍋興業ビルが眞鍋組の総本部だ。

眞鍋興業ビルは普段となんら変わらないように見えるが、氷川以外の男たちはそれぞれ異常を感じたらしい。

氷川は周りを囲まれた状態で眞鍋興業ビルの中に入った。

「姐さん、お疲れ様です」

強面《こわもて》の構成員たちが一列に並び、氷川に向かっていっせいに頭を下げる。古参の幹部に耳打ちされたショウの顔色が瞬《また》く間《ま》に青褪《あおざ》めていく。

いったい何があったのか、氷川は促されるまま長い廊下を進み、組長室の重厚な扉の前に立った。

イワシがノックをすると、満面の笑みを浮かべた祐が静かにドアを開ける。どこからどならない策士だ。

う見てもヤクザに見えない優男《やさおとこ》だが、清和に忠誠を誓う参謀であり、眞鍋組になくては

「姐さん、よくいらしてくださいました。パンツを脱いでください」

祐はにっこりと微笑《ほほえ》みつつ、優雅な仕草で氷川の下肢を差した。

「やっぱり、パンツなの？」

「はい、姐さんのお務めは二代目の前でパンツを脱ぐことです」

荒れている清和を身体《からだ》で宥《なだ》めろ、と祐はメスで整えたように綺麗《きれい》な目で語っている。

「清和くんは？　清和くん、どこにいるの……？」

扉の前で祐と言い合っても仕方がないから、氷川は組長室に入って清和の姿を確認しようとした。けれども、その惨状に悲鳴を上げかけた。何しろ、組長室の壁には大きな穴が空き、床には蛇が入った酒瓶が何本も転がっているのだ。

無残にも倒れた机の向こう側では、ヤンキーファッションに身を包んだサメが息巻いていた。

「だからぁ、清和坊ちゃま、さっきから言っているでしょう。確かなのは、奏多が藤堂に『キスしろ』って求めて、藤堂が奏多の口にチュウしたのよ。これだけは間違いないわ」

サメの言葉に氷川は言葉を失ったが、清和は鬼のような形相《ぎょうそう》で凄《すご》んだ。

「サメ、真面目《まじめ》に報告しろ」

清和はサメの藤堂に関する報告を信じていなかった。彼の周囲には凄絶《せいぜつ》な怒気が漂っている。

「本当なのよう。奏多が自分から藤堂にチュウしたわけじゃないの。藤堂も自分の意思で奏多にチュウしたわけじゃないの。藤堂は奏多の求めに応じてチュウしただけよ」

「いい加減にしろ」

清和は怒りに任せて目の前にあったソファを蹴《け》り飛《と》ばした。リキは清和を止めようとせず、ヒビの入った壁の前でじっと佇《たたず》んでいる。

「何度も言わせないで。これが真実よ。奏多は藤堂にチュウしてもらいたいみたい。でも、清和坊ちゃまにチュウしてもらいたいとは思っていないみたいね」

清和坊ちゃまは奏多のタイプじゃないみたい、とサメは茶目っ気たっぷりに続けたが、周りの空気はなんとも異様だ。

「サメ、俺を怒らせるな」

清和には今にもサメに殴りかかりそうな雰囲気があったが、サメは通常通り飄々《ひょうひょう》としていた。

「もう怒っているじゃない。ゴジラみたいに暴れるのはやめてよ。ゴジラは京介の役目でしょう。もう清和坊ちゃまをゴリラって呼んじゃうわよ。ゴリラっちゃま」

サメは清和から氷川に視線を流すと、女言葉で捲《まく》し立《た》てた。

「奥さ～ん、ちょっと聞いてよぅ。お宅の清和坊ちゃまったらひどいのよ。アタシが年甲《とし》斐《が》《い》もなくこんなカッコをして、苦労に苦労を重ねてとっておきのネタを仕入れてきたのに清和坊ちゃまは怒るの」

サメの涙の訴えを聞き、氷川は清和のそばに近寄ろうとしたが、床に転がっていた蛇入りの瓶につまずく。

「……あっ」

氷川は転倒しそうになったが、瞬時に清和の腕が支えた。

「気をつけろ」

氷川の花のような姿を確認したからか、清和の怒りはだいぶ薄れたようだ。

「清和くん、これは何？」

氷川は清和に抱きついたまま、床のあちこちで異彩を放っている蛇入りの瓶について尋ねた。

清和は車が好きでコレクターのように集めていたが、蛇好きとは一度も聞いたことがない。

「蛇酒、サメが持ち込んだ」

渋面《じゅうめん》の清和の返答を聞き、氷川はきつい目でサメを咎《とが》めた。

「サメくん？　未成年の清和くんにお酒なんて持ち込んじゃ駄目でしょう」

性悪

氷川の叱責《しっせき》の内容を聞いた瞬間、組長室の空気が和らいだ。祐はシニカルな笑みを浮かべ、サメは声を立てて笑った。

「未成年だから駄目？　怒るのはそこですか？」

サメは目に浮かんだ涙を拭《ぬぐ》っているが、氷川にしてみればどうしてそんなに笑われるのかわからない。

「清和くん、誕生日まで一月《ひとつき》切っているけど、まだ未成年だからお酒は駄目だ。それもこんなグロテスクな」

「いえ、藤堂が蛇酒を見て失神した、っていうネタを清和坊ちゃまが信じてくれないんです。だから、藤堂に蛇酒を持っていって試してみてください、と言ったのですが」

サメには蛇酒を持ち込んだ正当な理由があったらしい。目の前に転がっていた蛇酒の瓶を手にした。

「藤堂さん、蛇酒を見て倒れたの？」

「姐さんに隠してもしょうがありません。ロシアの情報屋に調べさせたところ、藤堂は繊細な姫のように綴《つづ》られています」

ロシアの情報屋に大金を積んで調査させたようだが、眞鍋組が知る藤堂から遠くかけ離れた藤堂像を報告されて清和は困惑した。いや、清和は信じられないのだ。

「藤堂さんが繊細な姫？　繊細な姫？　う～ん、繊細な姫とは思わないけど、世間知らずのお坊ちゃまみたいだし、もしかしたら繊細な姫なのかもしれない」

繊細な姫という表現は氷川も受け入れられないが、桐嶋の目から見ればまた違った藤堂が浮かび上がる。

「姐さんは蛇酒を見ても倒れませんね」

「びっくりした。気持ちいいものじゃないね」

氷川は酒には詳しくないが、この世に蛇酒なるものがあることを初めて知った。まったくもって、蛇酒を考案した者の神経を疑う。

「こう見えて精力増進にはいいようです。藤堂の精力増進のために蛇酒が選ばれたようですね」

大人の秘密があるのよ、とサメはくねくねとしなを作ったが、氷川は笑えなかった。

「……え？　どういうこと？」

「藤堂がぐったりしているのを、ウラジーミルが心配したらしいのよ。ウラジーミルの部下が、お疲れ気味の愛人のために蛇酒を進呈したとか？」

サメの口から藤堂の愛人説が飛びだし、氷川は目を大きく瞠って確かめるように聞いた。

「藤堂さんがウラジーミルの愛人って本当なの？」

「そういう報告が届いたのよ」

サメが蛇酒の瓶を手にしながら笑うと、清和が無間地獄《むけんじごく》を這《は》うような声で言った。

「そんなわけないだろう」

昨夜《ゆうべ》と同じように清和は藤堂の愛人説を一蹴《いっしゅう》する。

「藤堂って若い頃から男にモテていたみたいなのよ。姐さんとはまた違った魅力があるらしいの」

サメに改めて言われてみれば氷川は納得できるが、清和の顔つきはますます険しくなった。

「サメ、いい加減にしろ」

清和の身体が怒りで熱くなったので、氷川はぎゅっと抱き締めた。逆効果か、さらに清和の体温が上がったような気がする。

「アタシもアタシの部下も関係者もロシアの情報屋も、みんな、命懸けで藤堂について調べたのよう」

ロシア、それもイジオット幹部の調査は難航したらしく、サメは自棄《やけ》っぱちのように蛇酒を壁に向かって投げた。

手加減しているのか、壁も蛇酒も無事である。

「ガセネタだ」

ニセ情報を流してこちらを錯乱させようとしているのではないか、と素人《しろうと》の氷川でもなんとなく思ってしまう。

「まぁ、藤堂はイジオットの日本攻略の道具だっていう、ネタもあったんだけどね」

　サメは愛人説のほかに藤堂らしさを伝える情報も持っていた。藤堂がイジオットの日本攻略の急先鋒《きゅうせんぽう》だと言われればしっくりくる。

「そちらが真実だ。ウラジーミルは藤堂と来日してすでに百億近い金をロシア女で稼いでいる」

　調べろ、と清和は鋭敏な目でサメに命じていた。ウラジーミルは藤堂と一緒に来日し、日本観光を楽しみつつ、ロシアから連れてきた絶世のスラブ美女を使って百億もの大金を叩きだしている。百億もの日本円はイジオットの地下銀行からロシアへ送金されるのだ。

　昨今、力のある暴力団でも百億という大金は総力を挙げても作れない。清和や関東随一の大親分にしてもそうだ。

「まぁまぁ、ブラッディマッドの奏多はイジオットとは無関係よ。奏多は藤堂の舎弟でもないわ。奏多にイライラしないで」

　当然、サメは藤堂と奏多の関係について調べ上げている。ただ、その報告内容に清和が納得していないのだ。

「もう一度、調べろ」

　ガセネタを摑まされたな、と清和がサメを詰《なじ》っているようにも見えた。

眞鍋の昇《のぼ》り龍《りゅう》に天下を取らせる男、とかつてサメは称《たた》えられている。しかし、シャチという随一の実力者の抜けた穴が大きすぎて、未だにサメは諜報部隊を立て直せずにいた。特に今回、京子《きょうこ》に仕組まれた戦争では諜報部隊のメンバーの大半も大怪我を負った。

「アタシがこんなカッコまでして調べたから完璧《かんぺき》よ。アタシは暴走族『性悪』の女よ」

サメは特攻服の裾《すそ》を翻《ひるがえ》し、暴走族らしいポーズを取った。似合うとは口が裂けても言えないが、見ようと思えば暴走族のメンバーに見える。

「サメくん、調査のために暴走族のふりをしたんだね」

氷川が感嘆の声を上げると、清和は馬鹿らしそうに言った。

「そんな歳《とし》の暴走族がいるか」

清和の言葉に同意するように、祐が無言で相槌《あいづち》を打っている。リキは無表情のまま壁の前からサメを刺すように見据えていた。清和を筆頭に、祐やリキもサメの報告に満足していないようだ。

「……え？　歳？　暴走族って年齢制限があるの？」

氷川がびっくりして瞬きすると、清和はくぐもった声でボソボソと言った。

「だいたい暴走族は十八で卒業、せいぜい二十歳《はたち》……今は高齢化しているから三十超えもいるのかもしれないが……」

清和はいつになく喋《しゃべ》ってくれるが、それだけサメに対する鬱憤が溜まっているのだ。

「……つまり、サメくんが暴走族のカッコをして暴走族の調査をしたら危険？」

「こいつは調査に関わっていない」

ただ単に報告するためだけに特攻服を着込んだ、このクソ忙しい時に、と清和の鋭い目は雄弁に語っている。

「サメくん、相変わらず、すごい芸人根性だね」

氷川にしてみれば毎回お馴染《なじ》みになったサメの芸人根性に感服するしかない。

「姐さん、お褒《ほ》めに与《あずか》り恐悦至極……ですが、ショウには言われてしまいました。現役時代にこのカッコのアタシと会っていたらその場でフクロにするって。暴走族ってエスプリが通じないからいやねぇ。うちの清和坊ちゃまもエスプリが通じないのよねぇ」

これは清和坊ちゃまひとりでやったのよ、とサメはオーバージェスチャーで肩を竦《すく》めている。

清和が激昂《げっこう》して暴れても、眞鍋随一の腕っ節を誇るリキならば止められる。それなのに、リキは止めなかった。祐がわざわざ氷川を呼んだ所以だ。

「……つまり、サメくんが清和くんを怒らせて僕が呼ばれたの？」

「姐さん、エスプリのないことを言っては駄目よぅ。そんなに綺麗なんだからぁ。姐さんなら暴走族『性悪』のマスコットになれるわ」

「サメくん、清和くんは真面目だから、オカマ言葉じゃなくて普通に喋ってあげて」

「ちょっと、聞き捨てならないわね。オカマとは何よ。清和坊ちゃまと話していると、いやでも女になるのよう」

清和の要求はエスカレートするばかりで、さすがのサメも疲弊しているのだろう。

「そうなの？　サメくんはスカートを穿《は》きたいの？」

「ピンクのスカートを穿く可愛い女になったら、もうこんな無体な仕事はやめてもいいかしら」

普通の女の子に戻りたい〜っ、と往年の人気アイドル三人組のようなことをサメは叫んでいる。

「無理だよ。サメくん、頑張ってください」

「アタシ、もう疲れたの。どんなに調べて報告しても清和坊ちゃまが信じてくれないんだもの。いい加減、信じてよぅ」

どこまで本気か不明だが、すべて芝居のような気はしないが、サメは蛇酒を抱えてポロリと涙を零《こぼ》した。

氷川の記憶が正しければ、サメの涙を見たのはこれが初めてだ。

「……サメくん」

氷川は同情したが、清和は冷徹な目で言い放った。

「サメ、嘘泣《うそな》きはやめろ」

間髪容《かんはつい》れず、それまで無言だった祐が初めて口を挟んだ。

「姐さん、我らがサメの演技力を忘れていますね？　彼はその演技力でもってターゲットに近づき、情報を盗んでいるんですよ。泣くぐらい朝メシ前」

サメは祐と清和の顔を交互に眺めながらふてくされた。

「あ〜あ、まず、奏多と藤堂の関係の調査は中止、奏多に回していたメンバーをほかに回す」

サメはいつになく大真面目に言ったが、清和は腹の底から絞りだしたような声で却下した。

「藤堂に奏多がついたらやっかいだ。さっさと藤堂から奏多を引き離せ」

氷川が奏多率いるブラッディマッドに囲まれたことを知っているのか、清和は明らかにいつもと違った。若い清和には圧倒的に経験が少なく、サメやリキといった男たちの意見に従ったからこそ勝ち続けてきたのだ。ここまで強硬に自分の主張を押しつける清和は珍しい。

「だから、何度も報告しているだろう。藤堂と奏多は二代目が思っているような関係じゃない。下手《へた》に突《つつ》かないほうがいい」

サメは床に散乱していた報告書をまとめながら溜め息をついた。奏多の一筋縄ではいかない性格を調べ上げたからだ。

「藤堂のそばにいる奏多は目障《めざわ》りだ」

藤堂と鬼畜な狂犬が揃《そろ》えば、どこでどうなるかわからない。それこそ、最悪の事態を招く可能性もある。

「藤堂にキスさせる奏多が目障り？　放っておけばそのうちセックスするかもしれない。楽しいじゃねぇか」

サメのあまりの言い草に清和は腕を振り上げようとしたが、すんでのところで思い留まったようだ。何しろ、氷川がぴったりと張りついている。

清和くん、と氷川は清和の広い胸に向かって優しく囁《ささや》いた。こんなことでサメに手を上げてはいけない。

「サメ隊長、我らが清和お坊ちゃまを煽《あお》らないでください」

祐は一呼吸置いてから氷川に視線を流し、物悲しい哀愁を発散させた。

「さぁ、麗《うるわ》しの白百合《しらゆり》の出番です。清和お坊ちゃまを連れて帰ってください。明日の朝までに機嫌を直しておいてください」

祐に言われるまでもなく、氷川は清和を諭すつもりだ。怒気を漲《みなぎ》らせている清和の手を引き、戦場と化した組長室を出た。

眞鍋興業ビルから目と鼻の先にある眞鍋第三ビルの一室に帰っても、清和は仏頂面《ぶっちょうづら》で黙りこくっていた。

氷川は構わず喋り続け、パウダールームで清和が身につけていた衣類をすべて脱がせた。どこにも女の匂《にお》いはない。

氷川は清和の手を引き、バスルームに入った。バスタブの湯には柚子《ゆず》の香りの入浴剤を入れる。

「清和くん、そんなに怒らないで」

氷川は椅子《いす》に座らせた清和の背中に適温のシャワーをかける。わかりきっている悲しい現実だが、極彩色《ごくさいしき》の昇り龍はどんなにシャワーをかけても、どんなにボディシャンプーで擦《こす》っても薄れない。

「…………」

「サメくんが悪いわけじゃないし」

氷川がサメを庇《かば》うと、清和の背中から怒気を感じた。背中の昇り龍に睨《にら》まれているような気がしないでもない。

「…………」

「サメくん、大嘘情報を握らされたのかもしれないけど、ひょっとしたら本当かもしれないよ。藤堂さんはウラジーミルの愛人かも」

氷川はこれ以上ないというくらい優しく言ったが、清和から発散される怒気はさらにひどくなった。

「…………」

「藤堂さんがウラジーミルの愛人だったらいやなの？」

なんというのだろう、的確な表現が見つからないが、藤堂に対する清和の感情はどうも常軌を逸している。いくら陰鬱《いんうつ》な因縁があっても、だ。

「…………」

自分でもわけがわからないが、氷川に悪い予感が走った。

「……ま、まさか、清和くんは自分が藤堂さんを愛人にしたかったの？」

氷川の爆弾発言に、清和は息を呑んだ。一瞬にして、それまで清和に漲《みなぎ》っていた怒気が消える。

「清和くん、すごく藤堂さんを意識しているよね？　清和くんがこんなに意識する人ってほかにいないよね？　ううん、こんなに意識するのは藤堂さんぐらいだよね？　宿命のライバルじゃなくて宿命の恋人だったの？」

一度口にしたら止まらない。氷川が感情に任せて捲し立てると、清和は苦しそうな声でボソリと言った。

「……やめろ」

清和から生理的嫌悪がひしひしと伝わってきたので、氷川はほっと胸を撫《な》で下《お》ろした。

「……よ、よかった。藤堂さんを愛人にしたかったわけじゃないんだね」

氷川が広い背中を摩《さす》ると、清和は吐き捨てるように言った。

「当たり前だ」

なんてことを言うんだ、どこからそんな考えが出てくるんだ、と清和は氷川に対する文句を飲み込んだフシがある。

「藤堂さん、そういう男にモテると思うよ」

世の中には同性にしか興味の持てない人種がいる。氷川にしてもそうだが、どうしても異性に興味を持つことができなかった。藤堂に同性愛志向があるとは思えなかったが、そういった男たちを魅了する理由はよくわかる。

「…………」

「僕よりずっと藤堂さんのほうがそういう男にモテることは確か」

氷川のようにどこか女性的な容姿は、同性愛者にはさして好かれない。もっとも、藤堂も身長は高いが逞《たくま》しいわけでもなく、顔立ちも優しく整っているタイプだけれども。

「…………」

「藤堂さんはウラジーミルの愛人だよ」

愛人にしておこう、と氷川は訴えかけたつもりだが、清和は流されたりはしなかった。

「やめろ」

「清和くんも藤堂さんと奏多くんを気にするのはやめよう。そんなにピリピリしないで」

イジオットに加えてブラッディマッドまで出てきたら、清和の神経がギスギスしても仕方がないのかもしれない。だが、サメの反応から察するに、そんなに危険視しなくてもいいのだろう。

「…………」

「清和くん、奏多くんがお気に入りだったの？」

氷川は清和の固い筋肉に覆われた腕をスポンジで洗いながら尋ねた。名のある暴力団関係者が奏多に声をかけていることは確かだ。

「まさか」

清和はブラッディマッドも奏多もまったく評価していない。第一、眞鍋組にはショウという韋駄天《いだてん》がいるから奏多は問題外だ。

「うん、奏多くんと清和くんは合わないと思う。清和くんが作る新しい眞鍋組に奏多くんは無用だ」

「ああ」

「たとえ奏多くんが藤堂さんと組んでもいいじゃないか」

さぁ、大事なところを洗おうね、じっとしていてね、と氷川は清和の股間《こかん》に向かって続けた。

「……おい」

藤堂の能力とブラッディマッドの力を認めているからか、清和の雄々《おお》しい眉《まゆ》が顰《ひそ》められた。

「奏多くんと藤堂さんが何かしようとしても、次は桐嶋さんが止めるよ。それにたぶん、藤堂さんはもうそんな危険なことはしないと思う」

桐嶋と清和が命懸けで戦っていた時も、ウラジーミルとリキが凶器を振り回した時も、藤堂は止めようともせず、極上のワイン飲んでいた。腕力的に敵《かな》わないという理由があったらしいが、氷川には藤堂が修羅《しゅら》の場から一歩引いているように見えた。

「…………」

「藤堂さん、自分がお坊ちゃまだってよくわかっていると思う。こんな恐ろしい世界で戦って勝てるわけがない、ってね」

どこがどうとは言えないけれども、藤堂は清和やリキ、ビジネスマンみたいな祐ともまるで違う。小汚い男、という名をほしいままにしていたが、骨の髄まで良家の子息であるような気がしてならない。

「…………」

「藤堂さんにピリピリしないでほしい。変なふうに勘ぐってしまうから」

「…………」

「はい、大事なところも綺麗になりました。僕のものだからいい子にしているんだよ」

ふふふふっ、と氷川は悪戯《いたずら》っ子《こ》のように笑いながら、清和の股間の泡をシャワーで流した。

それから手早く自分の身体を洗い、清和と一緒に湯を張ったバスタブに浸《つ》かる。

「清和くん、キスして」

氷川が望んだ通り、清和は唇にキスをくれた。場所が場所だけに湿ったキスだが、いつもより甘い。

「藤堂さんにキスをしてってねだるなんて、奏多くんも可愛いところがあるんだね」

どんなに妄想力を逞しく働かせても藤堂と奏多のキスシーンが浮かばないが、それはそれでいいような気がする。

「…………」

氷川は仏頂面の清和にキスの嵐《あらし》を浴びせた。チュッチュッチュッ、と軽快な音がバスルーム中に響き渡る。

「嘘か本当か、藤堂さんに直接聞くのも手だと思うよ。桐嶋さんにも同席してもらって一度じっくり話し合ってみたら」

氷川が前向きな案を示したが、清和の仏頂面に陰鬱な影が走った。

「…………」

清和は藤堂と話し合いをするつもりはまったくないようだ。顔を合わせたらその場で始

末しそうな雰囲気が漂っている。

「話し合いの席で暴力は駄目だよ……駄目……もう……どちらにせよ、藤堂さんは桐嶋さんのお嫁さんなんだから」

ペチペチ、と氷川は濡《ぬ》れた手で清和のシャープな頬を叩く。

「………………」

「僕、藤堂さんの花嫁修業を担当しなくちゃ」

氷川は本気で藤堂用のエプロンを購入する予定を立てた。明日、仕事帰りにでも最寄り駅に直結しているデパートで見繕えばいい。

「……おい」

何をする気だ、と清和の切れ長の目が不安で揺れている。

「藤堂さんと桐嶋さんとダブルデートしようか。お台場とか横浜が定番のデートスポットだって聞いたよ」

「やめろ」

「……そういえば、僕と清和くん、デートってしたことあったっけ？」

ふたりで買い物に出た思い出はあるが、デートとなるとそれらしい記憶がない。氷川は今さらながらに修羅を突き進む清和を思う。

「………………」

「落ち着いたら、デートしよう」

今すぐふたりでどこかに行くのは無理だとわかっている。だから、期限は切らない。清和が無事ならばいつでも行ける。

「ああ」

「その前にクリスマスパーティしよう」

ショウや卓といった若手の構成員もクリスマスに浮かれているのか、清和に異論はないようだ。

「ああ」

「クリスマスパーティは僕と藤堂さんの手料理で開くから楽しみにしていてね」

氷川は藤堂と姐同盟を組む気満々だが、清和は灼熱地獄《しゃくねつじごく》を彷徨《さまよ》うような低い声で言った。

「やめろ」

清和の拒絶など、氷川は花のような笑顔で聞き流す。

「……ん？　僕の手料理が不安なの？　パーティ料理は初めてだけど作れると思うから心配しないで」

怒らせないとばかり、氷川は清和にぴったりと張りついた。

「おい」

濡れた氷川の裸体は凶悪なまでに色気があるが、清和は全身全霊をかけて自分を抑え込んでいる。

「やっと清和くんに大きなクリスマスケーキを作ってあげられるんだ。夢みたいだ。よかった」

実母に構ってもらえず、ヒモのような男たちから虐待されていた小さな清和は、忘れたくても忘れられない。あの時、氷川にはなんの力もなくて清和を助けてあげられなかった。世間が浮かれていたクリスマスシーズンになると、小さな清和が目をキラキラさせて見ていたケーキショップのクリスマスケーキを今でも思い出す。小さな清和にホールのクリスマスケーキを買ってあげたかったが、氷川の少ない小遣いでは無理だった。

「……先生」

氷川には楽しくて幸せなクリスマスの思い出がない。氷川は施設の前に捨てられていた赤ん坊だったが、整った顔立ちや優秀な成績のおかげで裕福な氷川家に引き取られた。けれど、氷川家に諦《あきら》めていた実子が誕生すると、氷川の立場は苦しくなった。特に世間がクリスマスなどで盛大に浮かれる時、無用になった養子の孤独感と寂寥感《せきりょうかん》は増した。そんな氷川を慰めてくれたのが、近所のアパートに住んでいた小さな清和だ。

「諒《りょう》兄ちゃんは小さな清和くんがどうしているかずっと心配だった」

小さな清和が眉間《みけん》に傷のある大男に連れ去られた後、どんな生活を送っているのか、氷川は不安でならなかったが、捜す術《すべ》もなかった。ただただ無力な自分に打ちひしがれるだけだ。

「ああ」

「こんな大きくなって安心……はできないけど、よく無事にここまで育ってくれたと思う。そろそろ二十歳だよね」

橘高夫妻は引き取った清和を自分の子供のように慈しみ、育て上げた。氷川はどんなに感謝しても足りない。

「ああ」

「二十歳になったらお酒を飲んでもいいよ」

「ああ」

「けど、クリスマスパーティはまだ十九歳だから子供用のシャンパンだよ。小田原《おだわら》から千晶《ちあき》くんと千鳥《ちどり》さんも呼ぼう」

ひょんなことから氷川が小田原に行った時、父親と間違えられたことがきっかけで千晶と交流を持つようになった。懐いてくれる千晶が可愛くて、あまりにも危なっかしいから放っておけなかったのだ。

清和が組長の座を追われた戦いでは、千晶と千鳥は危険も顧みず助けてくれた。一時、氷川は小田原で生活する計画を本気で練ったほどだ。氷川にとっても清和にとっても大切な父子である。

「ああ」

「あれからずっと清和くんがよくしてくれるって千晶くんと千鳥さんからお礼のメールが届いているんだ。ありがとう」

清和が出資した資金で千鳥は小田原に土産物屋《みやげものや》を開いたが、凶悪な不景気の嵐にも負けず、なかなかの売り上げを叩きだしている。清和が充分すぎる援助をしたらしい。千鳥が感謝していた。

「……いや」

なんだかんだ言いつつ、清和は氷川にはとことん甘いし、本質的には優しい。藤堂は引退しているのだから、今度はある程度の恩情をかけると氷川は踏んでいた。

「清和くん、やっぱり優しくていい子だね」

ご褒美をあげよう、と氷川は清和の唇にキスを落としながら、いつの間にか膨張している彼の分身に手を伸ばした。

「……おい」

「いいよ」

氷川はそのつもりで清和の分身に手を伸ばしている。清和が自分を抑え込む必要は微塵《みじん》もない。

「いいのか？」

「うん」

氷川はあだっぽく微笑みつつ、清和の分身を優しく扱《しご》いた。正直なところ、食べてしまいたいぐらい、それは可愛い。

4

翌朝、氷川《ひかわ》が愛《いと》しい男だとばかり思ってキスをしたのは毛布だった。一緒に寝ていたはずの清和《せいわ》がいない。リビングルームやパウダールーム、奥の洋室や和室にも清和の姿はない。おそらく、氷川が寝ている間に静かに出ていったのだろう。医者の仕事は見た目より激務だが、それ以上に清和の日々はめまぐるしく、昼夜関係なく飛び回っている。

「祐《たすく》くんは朝までOKみたいなことを言っていたのに、何かあったのかな？」

氷川にいやな予感が走った時、携帯電話の着信音が鳴り響いた。桐嶋《きりしま》組の組長である桐嶋からだ。

「桐嶋さん？　藤堂《とうどう》さんは無事だね？」

氷川が挨拶《あいさつ》もせずに切りだすと、桐嶋も勢いよく喋《しゃべ》りだした。

『さすが、俺の敬愛する姐《あね》さん、話が早い。カズのことで困っとんのや。まだカズの頭と胴体は離れてへんけど、そのうち眞鍋《まなべ》のヒットマンに切り離されるかもしれん』

「桐嶋さん、縁起でもないことを言わないで」

昨夜《ゆうべ》、バスルームでもベッドでも清和と甘く愛し合った。清和の機嫌は完全に直っていたはずだが、藤堂に対する殺意は消えていないだろう。氷川には桐嶋が焦る気持ちが痛いぐらいわかる。

『うちのシマに眞鍋のヒットマンが何人張り込んでいると思っとう？』

「眞鍋の子が藤堂さんを襲撃したの？」

『カフェとかファストフードとか居酒屋とかバーで眞鍋のヒットマンはじっとしとう。けど、姐さんのダーリンの一声でいっせいに眞鍋のヒットマンは襲ってくるやろな』

「藤堂さんはおとなしくしているの？」

『カズは二度と逃がさん。トイレや風呂《ふろ》も目を離さへんで。俺はスッポンになった』

藤堂の後をついて回る桐嶋が、氷川には容易に想像できる。この場で藤堂が桐嶋の元から逃げたら、それこそ清和は好機とばかりにヒットマンに襲撃命令を下すだろう。

「藤堂さんから絶対に目を離しちゃ駄目だよ。今日、仕事が終わったら僕もそっちに行くから迎えに来て」

氷川が捨て身の戦法を提案すると、携帯電話越しでも桐嶋の動転ぶりが伝わってきた。

『……へ？　姐さん、それは危険や』

「僕が藤堂さんの隣にいたら清和くんは襲撃しない」

時にどんなに言葉を尽くしても、極道には通じないことがある。清和が極道としての本性を剝《む》き出《だ》しにしたら、氷川が気も狂わんばかりに泣いて頼んでも無理かもしれない。そうなったら、氷川自身、藤堂の盾になるしかないのだ。いや、もうこの術《すべ》しかない。

『……かもしれへんけど、俺が姐さんのダーリンに睨《にら》まれる。恨まれるのはいややな』

姉さん女房に振り回されている清和を知っているからか、桐嶋は氷川の提示した案に難色を示した。

「桐嶋さん、藤堂さんを守りたいなら僕の言うことを聞きなさい」

迷っている暇はない、とばかりに氷川がぴしゃりと言うと、携帯電話の向こう側から桐嶋の軽快な声が聞こえてきた。

『俺は姐さんの忠実な舎弟でごんす。姐さんには逆らいません。カズのこと、そこまで考えてくださって感謝ですわ』

「僕には病院の中でも眞鍋のガードが張りついているみたいなんだ。上手《うま》くまいてほしい」

どうやって勤務先から桐嶋組総本部まで行くか、氷川は桐嶋と打ち合わせた。とりあえず、桐嶋が信用している人物がバイクで氷川を迎えに来てくれるという。

桐嶋と話し終えた後、氷川はコーヒーで天然酵母のパンを流し込んだ。清和がいないと凝《こ》った朝食を作る気にはなれない。

身なりを整えた頃、送迎係のショウがやってくる。

「姐さん、おはようございます」

「ショウくん、おはよう。清和くんは仕事？」

「寂しい思いをさせて申し訳ねぇっス。どうしても組長が顔を出さなきゃ駄目な場っていうのがあるんで」

　地下の駐車場に下りると、氷川送迎用ベンツの前には宇治《うじ》や卓《すぐる》、イワシといった昨日のメンバーに加えて、やたらとヤンキー色の強い構成員たちが並んでいた。

「……暴走族の集会？」

　氷川が正直な感想をポロリと漏らすと、ぶはっ、とショウが盛大に噴きだし、宇治にこづかれた。

「姐さん、暴走族の集会じゃありません。眞鍋の若い衆ですが、全員、毘沙門天《びしゃもんてん》上がりっス」

　宇治が背筋を伸ばし、ズラリと並んだ男たちを示した。どうも、昨夜、奏多《かなた》率いるブラッディマッドに囲まれたせいで警戒心を強めたらしい。

「ヤクザより暴走族みたい」

　こんなに毘沙門天のメンバーが揃《そろ》ったら、奏多率いるブラッディマッドをかえって刺激してしまいそうな気がしないでもない。

「姐さん、それを言ったらおしまいです」

「卓くんが暴走族に恐喝されている大学生に見える」

　氷川が妙に浮いている卓を指摘すると、毘沙門天上がりの構成員たちはどっと沸いた。

彼らの間でもお坊ちゃま育ちの卓は異質なのだ。

「姐さん、このメンバーと歩いてもサツに保護されることはなくなりました」

卓が整った顔を歪《ゆが》めつつ、容姿で苦労した過去を語った。

「やっぱり、警察官も卓くんが暴走族に脅《おど》されている大学生に見えたんだ。警察官も税金を吸い上げるだけじゃないいんだね」

今夜、氷川は奏多やウラジーミルについて、藤堂に直《じか》に問《と》い質《ただ》すつもりだが、今の時点ではそのことは決して眞鍋の男たちに悟られてはいけない。

氷川は何事もなかったかのように振る舞った。


勤務先である明和《めいわ》病院に辿《たど》り着《つ》くまで、奏多率いるブラッディマッドの気配はまったくなかった。仕事もいつもとなんら変わりがない。

夕方の病棟の回診を終えてから、氷川はロッカールームで桐嶋にメールを送った。それから手はず通り、病院の裏手にある喫茶店に向かう。ヤンキー色の強い若い男がついてくる様子はない。

喫茶店の前には大型バイクが駐《と》まっており、体格のいい桐嶋組関係者がいた。いや、彼は桐嶋組の構成員ではない。桐嶋と関係はあるが、桐嶋組の構成員ではないし、こんなところにいるべき男でもない。

彼は剣道で有名な日光《にっこう》の高徳護国流《たかとくごこく》の次期宗主である高徳護国晴信《はるのぶ》だ。清和の右腕とも眞鍋の頭脳とも目されているリキの異母兄である。

「……な、なんで晴信くんが？」

氷川は晴信が行方をくらましていた弟、つまりリキを捜していた過程で出会った。晴信と桐嶋の縁を繋《つな》いでしまったのは氷川である。晴信と桐嶋は意外なくらい意気投合し、今では兄弟分を名乗っていた。

桐嶋の窮地を聞きつけ、晴信は日光から飛びだしてきたのだ。そして、晴信は木刀一本で桐嶋組を守った。晴信の奮闘で桐嶋組は保たれたようなものだ。

「姐さん、立ち話をする暇がない。乗ってください」

「日光に帰らなかったの？」

日光から出奔した晴信を連れ戻すため、警察のキャリアである二階堂正道《にかいどうまさみち》が現れた。氷川も晴信を日光に帰したいのは山々だが、桐嶋組の状態を考慮すれば賛同できない。それゆえ、氷川は藤堂から託された情報を正道に渡し、期間の猶予をもらったのだ。しかし、もはやタイムオーバーだ。

「弟分が困っているのに見捨ててはいけない」

早かった。

「もうっ」

氷川は真っ赤になって文句を連ねようとしたが、晴信にヘルメットを被《かぶ》せられるほうが早かった。

促されるままバイクに跨《また》がり、晴信の身体《からだ》に腕を回した瞬間、どこからともなく眞鍋組の関係者が現れた。

「日光の御仁ですね？　姐さんをどうする気ですか？」

晴信は意に介さず、バイクのエンジンをかけた。進行方向に立《た》ち塞《ふさ》がった眞鍋組関係者を巧みに躱《かわ》し、裏道を猛スピードで駆け抜ける。瞬《また》く間《ま》に、明和病院の白い建物が遠ざかり、趣向を凝らした豪邸が建ち並ぶ一画に入った。

氷川はバイクから振り落とされないように、晴信の背中に全力でしがみつく。

俳句が刻まれた石碑が建つ角から、卓がハンドルを握る車が飛びだしてきた。オーリエルウインドウを配した洋館の奥からは、イワシが運転している車も現れる。

卓もイワシも今までどこにいたのか、氷川は不可解でならないが、今はそんな場合ではない。

ショウに追われたら誰も逃げ切れない、と桐嶋は言っていたが、氷川も同じ意見だ。けれど、今日、自分を追いかけてくるのはショウではない。逃げ切ることは可能だろう。逃げ切れなくても、眞鍋組関係者に追われたまま桐嶋組総本部に入ってしまえばそれでいい。最初から目的場所を隠す気はなかった。

ただ晴信は曲がりくねった横道ばかり選んで進んだので、機動性のあるバイクのほうが車より有利だ。明和病院が建つ小高い丘を下りた時、卓の車は見えなくなった。

だが、イワシは諜報部隊《ちょうほうぶたい》のメンツにかけて追ってくる。そうこうしているうちに、大型バイクが何台も連なって出現した。

眞鍋組関係者らしいが、メンバーの中にショウはいない。

晴信はさらにスピードを上げ、何台もの大型バイクを翻弄《ほんろう》しつつ、桐嶋組が支配する街に辿り着いた。ここまで来たらひとまず安心だ。

桐嶋組のシマは眞鍋組のシマより比較的リーズナブルな店が多く、行き交う人々の年齢も若い。髪の毛を明るい色に染めた高校生の集団があちこちにいる。

コンビニの前にいた清和の舎弟が、氷川を見て真っ青になっていた。もちろん、氷川はまったく気にしない。あっという間に、氷川を乗せたバイクは桐嶋組総本部であるビルの地下の駐車場に進んだ。

駐車場には眞鍋組の関係者どころか桐嶋組の関係者さえいなかった。防犯カメラは設置しているが、組長の性格を反映しているのか、セキュリティは緩いようだ。

「姐さん、お疲れ様でした」

晴信のヤクザぶりがやけに板についているので、氷川は言いようのない焦燥感に駆られた。

「晴信くん、すぐに日光に帰りなさい」

氷川は爽《さわ》やかな笑みを浮かべている晴信に、ヘルメットを押しつけるように返した。彼のこの青い空を連想させる笑顔が曲者《くせもの》なのだ。

「弟分の危機に日光で湯葉ラーメンなんて食っていられません」

晴信は日光名物を口にしつつ、エレベーターに乗り込んだ。氷川も目を吊《つ》り上《あ》げて後を追う。

「今日は大事な試合があるのでしょう？」

高徳護国流の門人である正道から聞いたが、晴信には次期宗主としての役目があった。

「たいした試合じゃありません。第一、親父《おやじ》がいればそれですむ」

「晴信くん、家に帰りたくないの？」

氷川が咎《とが》めるような目で見据えると、晴信は仁侠《にんきょう》映画《えいが》の極道のような態度でつらつらと言った。

「姐さん、俺は義を通しただけです。義を通そうとする舎弟を褒《ほ》めてやってください」

桐嶋に次いで晴信まで強引に氷川の舎弟を名乗ろうとする。鉄の仮面を被ったリキが、晴信に銃口を向ける場が容易に浮かんだ。

「僕は君みたいな舎弟を持った覚えはありません」

「姐さん、綺麗《きれい》なのに冷たいな。桐嶋は舎弟にしたのに」

桐嶋は舎弟にしようと思ってしたわけではない。気がつけばそうなっていたのだ。清和や眞鍋組との関係を思えばよかったのかもしれないが。

「桐嶋さんと晴信くんでは立場が違うでしょう？」

一般的な考えによれば、由緒正しい高徳護国家の子息とヤクザの息子が兄弟分になることはない。眞鍋組の頭脳と目されているリキも本来、清和の舎弟になるような男ではない。晴信は次期宗主に相応《ふさわ》しい資質を兼ね備えた跡取り息子だったが、後妻が産んだ次男のリキがあまりにも才能に恵まれすぎていた。真っ二つに割れた高徳護国のため、リキこと高徳護国義信《よしのぶ》はひっそりと身を隠したのだ。

「たいして変わらないと思います。桐嶋に聞いた限り、俺の親父と桐嶋の親父はよく似ている」

晴信がいけしゃあしゃあと言った時、鈍い音を立ててエレベーターの扉が開く。最上階は酒瓶が並ぶ桐嶋のプライベートフロアだ。

「桐嶋さんのお父様はヤクザでしょう。高徳護国流の宗主はヤクザじゃありません」

「東京の繁華街でヤクザに間違えられて道を譲られたとか」

晴信とリキの父親ならば、さぞかし迫力のある大男なのだろう。

「そういうことを言っているんじゃ……桐嶋さん、何をしているの？」

氷川が目を吊り上げた時、キッチンの奥から桐嶋がひょいと顔を出した。手にはフライパンを持ち、頭には白い三角巾《さんかくきん》、フリルのついた白いエプロンを身につけている。そう、氷川が藤堂に贈ろうとしていた新妻風のエプロンだ。

「姐さん、お疲れさんです。アニキ、サンキューでっせ。今、メシの準備をしとうからちょう待ってな」

カウンター式のキッチンには魚介類や野菜、きのこや何種類ものスパイスが所狭しと並べられ、いい匂《にお》いが漂っている。料理上手な桐嶋が、手料理を振る舞ってくれるのだろう。

「桐嶋さん、お嫁さんは藤堂さんでしょう？　お嫁さんはどこに行ったの？」

氷川はキッチン付近を見渡したが、スマートな紳士はいない。新妻に扮《ふん》した桐嶋がせっせと鍋《なべ》の中をかき回しながら答えた。

「嫁はそこにおる」

「そこ、ってどこ？　……あ、いた」

洒落《しゃれ》た細工が施された衝立《ついたて》の向こう側、藤堂はゆったりとしたソファに腰を下ろしてワインを飲んでいた。桐嶋のように三角巾もエプロンも身につけていない。制服のようにしっくりと馴染《なじ》んでいる白いスーツ姿だ。

「藤堂さん、嫁なら夫に料理をさせるな……もうそんな時代じゃないけど、嫁も夫と一緒

にキッチンに立とう」

氷川が嫁としての心得を説くと、藤堂は悠然と微笑《ほほえ》んだ。

キッチンからは桐嶋の悲鳴にも似た声が飛んできた。

「姐さん、それだけはやめてくれ。カズにできるのはワインを選ぶこととワインの栓を抜くことぐらいや」

この伊勢海老《いせえび》は仕上げのソースをかけるまで死んでもカズに触らせへんでっ、と桐嶋は包丁と伊勢海老を手にしたまま、物凄《ものすご》い剣幕で喚《わめ》き散《ち》らす。どうやら、桐嶋が藤堂をキッチンから追いだしたらしい。

「ひょっとして、藤堂さんは料理が苦手なの？」

藤堂は良家の子息として生まれ育っているから、キッチンに立つ必要性に迫られなかったのだろうか。

「カズは料理が苦手とか、得意とか、そんなもんちゃう」

「藤堂さんは料理ができないのか」

藤堂の前にはスモークサーモンや生ハムのカナッペがあるが、作ったのは桐嶋なのかもしれない。

「カズは料理ができないとか、できるとか、そんなもんちゃうんや。カズに任せてもいいのはワイン選びとワインの栓抜きだけなんや。まぁ、チーズとレーズンバターは切らせてもええな」

桐嶋が藤堂について言うと、晴信も楽しそうに笑った。

「俺もそんなもんだ」

晴信は藤堂に注いでもらった赤ワインを美味《うま》そうに飲んだ。ほんの数日の間に、晴信と藤堂はいい関係を築いているような気がしないでもない。ふたりでワインを飲む姿がいやというくらいしっくり馴染んでいる。

「姐さんもいかがですか？　一九七五年のシャトー・ラトゥールです」

藤堂にフランス・ボルドー産の赤ワインを勧められ、氷川はソファに腰を下ろしてから一口飲んだ。素人《しろうと》でも深いコクはわかる。

「このワイン、すごく高いワインだよね？」

凝縮されたような芳香や深くて濃い赤の色合いも絶妙にいい。

「フィネスを追求したワインです。値段は妥当かと」

藤堂にとって高いとめくじらを立てるようなワインではないらしい。当然、今も昔も氷川にワインへの興味はない。

「わけがわかんないけど、そういうもの？」

「はい」

桐嶋がせわしなくキッチンを動き回り、カウンターには美味《おい》しそうな料理が何皿も並べられる。

氷川が素早く立ち上がり、カウンターからテーブルに料理を運ぶ。晴信と藤堂は優雅にワインを飲んでいるが、これはもう持って生まれた性分だ。

「さぁ、メシや。眞鍋が大軍で攻め込んでくる前に食うで」

桐嶋が雄叫《おたけ》びを上げて、チーズと香草を載せて焼いた伊勢海老に箸《はし》を伸ばした。

この場に自分がいるのだから、そのうち清和が連れ戻しに来るだろう。氷川はその場で清和と藤堂に話し合いをさせるつもりだった。

「桐嶋さん、清和くんが乗り込んできたら冷静に話し合って」

氷川は熱くなりそうな桐嶋に忠告してから、カニのサラダを咀嚼《そしゃく》した。肉厚のカニと千切り野菜に和風ドレッシングがよく絡んでとても美味しい。

「義信も乗り込んでくるかな」

期待しているのか、晴信は楽しそうに鯛《たい》のカルパッチョを口にした。

「晴信くん、リキくん……弟さんに拳銃《けんじゅう》を抜かれたらどうするの？」

氷川はリキが晴信に向かってトリガーを引きかけた姿を見たことがある。清和の右腕として生き抜く覚悟を決めたリキに、高徳護国義信という素性も家族も無用なのだ。

「義信の射撃の練習台になるのもいいさ」

「晴信くん、なんてことを……ううん、今日はそれよりこっちだ。藤堂さん、これからどうするつもり？」

氷川はあさりの白ワイン蒸しを箸で突きつつ、無言でワインを飲んでいる藤堂に視線を流した。

「姐さん、あなたがそれを言いますか？」

藤堂の声音はあくまで優しいが、まるでこんなことになったのは氷川のせいだと言わんばかりの言い草だ。確かに、氷川が問答無用の荒業を使わなければ、藤堂はこの場にいなかったかもしれない。

「僕、藤堂さんは桐嶋さんのそばにいたほうがいいと思う」

氷川が断定すると、藤堂は上品に微笑んだ。

「そうですか」

喜怒哀楽の感情を表現するのが苦手なのか、それともあえてしないのか、藤堂はいつも悠然とした態度を崩さない。氷川は温和な笑みに隠されている藤堂の本音を読み取ることができない。

「藤堂さんはいやなの？」

「俺がここにいても眞鍋の二代目組長を刺激するだけだと思います」

藤堂絡みの問題がなければ、清和と桐嶋の関係はすこぶる良好だ。亡父が伝説の花桐《はなぎり》と謳《うた》われた極道なので、桐嶋は関東随一の大親分にも可愛《かわい》がられ、着々と力をつけてきている。覚醒剤《かくせいざい》を取り扱うことで薬屋と侮蔑《ぶべつ》された藤堂組とは雲泥の差だ。

「藤堂さんの行方がわからなくてもピリピリするから」

「そうですか」

「藤堂さん、今までどこに隠れていたの？」

氷川が探るような目で尋ねると、藤堂から想定内の返答があった。

「ロシアです」

「ロシアン・マフィアのイジオットのところ？」

無意識のうちに、ロシアン・マフィアという言葉に力が入る。

「そうです」

「藤堂さん、イジオットに日本を売るの？」

藤堂がイジオットのボスと日本分割の密約を結んだと清和は踏んでいる。藤堂が得るシマは神戸と大阪だ。

「いいえ」

藤堂は伏し目がちに答えてから、魚のテリーヌを口にした。桐嶋や晴信は口を挟まず、恐ろしいぐらい真摯《しんし》に藤堂を見つめている。

「正直に答えて。藤堂さんはイジオットの日本攻略の兵隊なの？」

氷川が食《く》い入《い》るように覗《のぞ》き込《こ》むと、藤堂はワイングラスに手を添えて苦笑を漏らした。

「俺はイジオットのために働くつもりはありません」

藤堂独特の言い回しを、氷川は脳をフル回転させて把握しようとした。

「だったら、自分のために働いている？　自分のためにイジオットの日本攻略の兵隊になるってことじゃないよね？」

「はい」

藤堂がにっこりと頷《うなず》いたので、氷川はほっと胸を撫《な》で下《お》ろした。桐嶋や晴信も安堵《あんど》の息を吐《つ》いている。

「清和くんだけじゃない、眞鍋の誰もが藤堂さんがイジオットの日本攻略の駒《こま》になったって警戒している。藤堂さんはその誤解を解いてください」

氷川は力の限りを尽くして清和と藤堂の共存の道を探っている。ふたりが共存するためには何よりもまず、藤堂自身が清和の誤解を解かなければならない。

「誤解を解くのは無理でしょう」

藤堂はなんでもないことのようにサラリと言ったが、氷川はまったく理解できず、形のいい眉《まゆ》を顰《ひそ》めた。

「どうして？」

「イジオットのボスは俺が日本攻略の兵隊だと思い込んでいる」

「藤堂さん、意味がわからない」

氷川以上に桐嶋が胡乱《うろん》な目でたこのから揚げを咥《くわ》える。晴信がニンニクと炒《いた》めた鰻《うなぎ》を食べてからズバリと言った。

「藤堂さんはイジオットのボス派ではないんだろう？　息子のウラジーミル派だな？」

晴信の言葉は核心を突いたらしく、藤堂はアルザス産の白ワインの封を切ってから優雅に肯定した。

「ウラジーミル派？　そういう言い方もあるかな」

「君は誰の縁でイジオットに身を寄せた？」

晴信はイカの照り焼きを箸で突きつつ、絶妙な質問を藤堂に投げる。桐嶋や氷川にはできない芸当だ。

「ウラジーミル」

「ウラジーミルに日本攻略の話を持ちかけられたことはあるか？」

「一度もない」

イジオットのボスにとって藤堂は日本攻略の急先鋒《きゅうせんぽう》だが、ウラジーミルにとっては違うというのか。ウラジーミルに日本攻略の野心はないのだろうか。それとも、ウラジーミルはべつの手段で日本を攻略する気なのだろうか。すでにウラジーミルはロシア女性を使って百億もの利益を叩《たた》きだしている。

「イジオットとやらも一枚岩ではないのだな」

晴信自身、伝統と歴史を誇る高徳護国流宗家の長男として生まれ育っているから、イジオットという大組織の内情にも思うことがあるらしい。高徳護国流にしても一枚岩だったら、リキがヤクザに身を落とすこともなかっただろう。

「そういうことだ」

藤堂は上流階級の住人特有の微笑を浮かべたが、それで納得できるわけがない。氷川は意を決すると、最も大事なことを聞くために極上の赤ワインを一気に飲み干した。

「藤堂さん、こんなところで聞くのはなんだけど……もう少し酔ってから聞いたほうがいいかもしれないけど……」

氷川は空になったワイングラスを握ったまま、藤堂を真っ直《まっす》ぐに見据える。このスマートな紳士がロシアン・マフィアの愛人だとは到底思えない。思えないけれども、何かしら引っかかる。

「姐さん、どうされました？」

藤堂の堂々とした態度に押されたわけではないが、愛人という言葉がすんでのところで出なかった。

「藤堂さんとウラジーミルはどういう関係？」

「俺はウラジーミルの忘れたい過去を知っているただひとりです」

藤堂はなんでもないことのようにウラジーミルとの関係を明かしたが、どこか達観しているような気配がないでもない。

「……それだけじゃ、わけがわからない。もう少しわかりやすく言って」

氷川は目を白黒させ、桐嶋は深い霧の中に迷い込んだ子供のような顔をしている。晴信は焼き鳥を食べてから、何気ない口調で言った。

「要するに、ウラジーミルとやらの手痛いミスを藤堂さんが庇《かば》ってやったんだろう。窮地を救ってやったとか？」

図星なのか、晴信の言葉に藤堂はワイングラスを掲げた。さすがリキの兄だ、と称賛しているかのようだ。

「そうなの？　藤堂さんはウラジーミルの恩人なの？」

予想だにしていなかった事実に氷川が声を上げた時、桐嶋組の若い構成員が血まみれで飛び込んできた。

「失礼します。金髪が団体でやってきました」

氷川は仰天して青褪《あおざ》めたが、桐嶋はまったく動じず、つくねを飲み込んでから聞き返した。

「金髪？　眞鍋の男は髪を金に染めたんか？　ショウちんは染めているよな」

「そうじゃなく、あれは天然の金髪だと思います」

「天然の金髪の団体？　俺は金髪美人を泣かせた覚えはないで」

「桐嶋組長、みんな、男っス。それもデカい男ばかりっス……俺たち、みんな、一発でやられましたーっ」

若い構成員の絶叫が響き渡ったが、慌てたのは氷川だけだった。晴信はいい焼き具合の焼き鳥を食べ続け、藤堂は洗練された仕草で空になったワイングラスにワインを注いでいる。

「金髪の団体ってイジオットじゃないの？　なんだかんだ言いつつ、イジオットは東京を狙《ねら》っているんでしょう？」

氷川は真っ青な顔で立ち上がり、失神した若い構成員に近寄った。どうやら、気力だけでここまで来たらしい。

「姐さん、まぁ、そんなに焦らんとってぇや」

桐嶋は宥《なだ》めるように言いながら、デスクトップパソコンのキーボードを叩いた。すぐに桐嶋組総本部がモニター画面に映しだされる。

金髪の美青年をふたり、氷川はその目で確認した。イジオットのボスの息子であるウラジーミルとその従弟《いとこ》のニコライだ。

「桐嶋さん、銀色に近い金髪がウラジーミルで、金髪がニコライ、イジオットの幹部だよ」

ウラジーミルとニコライの足元には、倒された桐嶋組の構成員たちが転がっている。

「女が好きそうな男やな」

ギリシャ彫刻のようなウラジーミルとニコライの整った容貌《ようぼう》を桐嶋は認めた。かつて女性相手の竿師《さおし》を生業《なりわい》にした名残《なごり》かもしれない。

「桐嶋さん、そんなことを言っている場合？　ウラジーミルはむちゃくちゃ強いよ。ひょっとしたら、リキくんより強いかもしれない」

氷川がリキの名を口にすると、桐嶋と晴信は目を合わせて不敵に笑った。どうやら、腕に自信がある男としての好戦的な血が騒ぐらしい。

「リキより強かったら手合わせしてみたいわ」

桐嶋はウラジーミルと戦う気満々だが、氷川にしてみれば笑って見逃せない行為だ。金切り声で桐嶋を咎めた。

「馬鹿《ばか》っ、丁重に説明して帰ってもらおう」

「……こいつら、なんかヤクザの出入りちゃうみたいやで？」

桐嶋はモニター画面からのほほんとワインを飲んでいる藤堂に視線を流した。

「カズ、この金髪軍団が乗り込んできた理由がわかるんちゃうか？」

当然、桐嶋もウラジーミルとニコライの目的は藤堂だと察していた。

「ああ」

「理由はなんや？」

桐嶋が大股《おおまた》で藤堂に近づいた時、エレベーターの扉が開き、マシンガンやサバイバルナイフを手にした屈強なロシアの男たちがわらわらと入ってきた。中心に立つのは、幹部であるウラジーミルとニコライだ。酒を酌《く》み交《か》わしていた場がシベリアの寒冷地になったような気がした。

「藤堂、帰るよ。ウラジーミルを寂しがらせちゃ駄目だよ。どうしてそんな意地悪をするの。もう話はすんだでしょう」

ニコライは武器を手にしておらず、彦根《ひこね》市のゆるキャラのぬいぐるみを抱えたまま流暢《りゅうちょう》な日本語で藤堂に話しかけた。

しかし、桐嶋は藤堂に答えさせない。

「おうおう、いきなり人ンちに土足で乗り込んできて挨拶もなしか？　ここは桐嶋組の総本部やで？」

桐嶋が凄絶《せいぜつ》な迫力を漲《みなぎ》らせても、ニコライはまったく動じなかった。邪気のない笑顔を浮かべ、桐嶋に向かって握手を求めた。

「桐嶋？　藤堂が愛してる男だね。初めまして」

ニコライに握手を求められても、桐嶋は右手を差しだそうとはしなかった。ニコライと穏便に話し合う気はないらしい。周りはマシンガンやサバイバルナイフを手にした男たちばかりだというのに。

氷川は生きた心地がしなかったが、晴信は興味津々といった風情でマシンガンを観察している。

「ボケ、気色悪いことを言うな」

桐嶋の言葉は辛辣《しんらつ》だが、ニコライは気にしていない。

「ウラジーミルが藤堂を愛しているから返してもらうよ」

ロシア人の気質なのか、ニコライはすぐに愛を口にするし、まったく照れない。照れ屋で口数の少ない清和とは根本的に感覚が違う。

「大ボケ、鳥肌が立つやろ。なんちゅうことをぬかしやがる」

生理的に受けつけられないのか、桐嶋は自分を落ち着かせるようにアルザス産の白ワインを一気に飲んだ。

「藤堂はウラジーミルの初めての愛人なんだよ。さらっちゃ駄目だよ」

愛人、という言葉がニコライから当然のように飛びだし、氷川は藤堂と桐嶋の顔を交互に眺めた。

晴信はマシンガンに注意を払いつつ、焼き鳥に手を伸ばしている。

「愛人？　カズ、どういうことや？　この金髪がけったいなことを言うとうで」

桐嶋がワイングラスを口に運びながら尋ねると、藤堂は他人事《ひとごと》のようにサラリと答えた。

「俺はウラジーミルの愛人らしい」

藤堂の爆弾発言を聞いた瞬間、桐嶋は口にしていた白ワインを噴きだした。

晴信は喉《のど》に焼き鳥が詰まったらしく、苦しそうに咽《む》せ返《かえ》っている。氷川は医者の使命感で晴信の背を叩きつつ、水を飲ませた。

それまでウラジーミルは氷のように冷たい目で藤堂を見つめているだけだったが、思うところがあったのか、野獣のような雰囲気を漂わせて近寄っていった。彼の左手にはマシンガンがある。

「藤堂、帰るぞ」

ウラジーミルは藤堂の腕を摑《つか》んで強引に立ち上がらせたかと思うと、その唇にキスを落とした。

突如として始まったウラジーミルと藤堂のキスに氷川の魂は身体から抜け出し、晴信の精魂もどこかに旅立った。

明和病院でもそうだったが、藤堂は平然とウラジーミルのキスを受けている。

桐嶋は正気を取り戻すと、あさりの白ワイン蒸しを盛った皿をウラジーミルの後頭部に投げつけた。

「カズ、お前はまたけったいな奴に引っかかったな」

間一髪、ウラジーミルは素早い動作であさりの白ワイン蒸しの皿を避《よ》ける。

哀れなのはウラジーミルの背後に控えていた部下だ。ロシア語で悲鳴が上がった。

ついでとばかり、桐嶋はほうれん草と牡蠣《かき》のグラタンも明太子マヨネーズであえた長芋も、ウラジーミルめがけて勢いよく投げる。こちらも被害に遭ったのは、マシンガンを構えていたウラジーミルの部下だ。

「ウラなんとか、藤堂和真《かずま》から手を放さんか」

桐嶋は藤堂の肩を摑んでいるウラジーミルを鬼のような目つきで睨みつけた。ワインボトルを叩き割った瞬間、耳障《みみざわ》りな破壊音が響き渡る。

「藤堂は連れて帰る」

ウラジーミルと桐嶋の間に冷たい火花が散った。氷川のみならず、誰も口を挟むことができる雰囲気ではない。

「さっさと帰れ。ただし、カズはおいていけ」

桐嶋は武器代わりの割ったワインボトルをウラジーミルに向けた。言わずもがな、ウラジーミルの手にあるマシンガンの殺傷力には遠く及ばない。桐嶋組とイジオットの力関係を如実《にょじつ》に語っているかのようだ。

「俺は藤堂を連れ戻しに来た」

ウラジーミルから藤堂に対する並々ならぬ執着心を感じたのは氷川だけではない。桐嶋は顔を醜悪に歪ませて確認するように聞いた。

「カズを愛人にしているってホンマか？」

　桐嶋はよほどショックを受けたのか、愛人の言葉のイントネーションが異常なくらい滑稽《こっけい》だ。

「ああ」

　ウラジーミルは藤堂が愛人だとあっさり認め、傍《かたわ》らのニコライも同意するように相槌《あいづち》を打つ。

　藤堂はウラジーミルの初めての愛人なんだよ、藤堂ひとりをすっごく大切にしているんだよ、祝福してよ、邪魔しないでよ、藤堂のために城をふたつ買ったよ、船も買ったよ、とニコライは歌うように言ったが、桐嶋の精悍《せいかん》な顔はますます醜く歪む。

「……ん……んん……またカズはけったいなのに張りつかれとるんやな……どうしてお前はいつもけったいな奴に張りつかれるんや……ちゃんと選ばなあかんやろ……親も選ばなかったからあかんのや……」

　藤堂の過去を思い出しているらしく、桐嶋は苦悩に満ちた顔で独り言のようにぶつぶつ呟《つぶや》いたが、なんとも形容しがたい哀愁が流れている。その気持ちは氷川も痛いぐらいよくわかった。

「桐嶋、けったいな奴、とはどういう意味だ？」

　ウラジーミルは流暢な日本語を話すが、桐嶋の発した言葉がわからなかったらしい。

淡々とした調子で桐嶋に尋ねた。

ニコライも理解できなかったのか、青い目をキラキラさせて聞き耳を立てている。氷川もなんとなくニュアンスでわかるが、正確な意味はよくわからない。

「……けったいな奴？　ああ、キサマみたいな奴をけったいな奴って言うんや。カズには昔からけったいな奴が近づいてきたんや。ああ、もう、おぅおぅ、カズは俺の嫁だ。さっさと帰れ」

桐嶋は自分で自分の感情がコントロールできなくなったのか、目の前にあった日本酒の一升瓶をウラジーミルに向かって蹴《け》り飛《と》ばした。

「桐嶋の嫁？」

ウラジーミルはサッカーボールのように一升瓶を壁に向かって蹴る。ガシャーン、という破壊音が響くや否《いな》や、日本酒のふくいくたる香りが辺りに充満した。

もったいない、と独り言のように漏らしたのは晴信だ。

「そや、姐さんの口添えの下《もと》、カズは俺の嫁になった。他人の嫁に手を出したらあかんで」

桐嶋は大股で近づくと、藤堂の腕を掴んでウラジーミルから引き離そうとした。もちろん、ウラジーミルは藤堂から手を放さない。

大男ふたりに掴まれている藤堂は涼しい顔で立っていた。

「手荒な真似《まね》はしたくなかったが覚悟しろ」

ウラジーミルは冷徹な目で合図を送ると、背後に控えていた部下たちはいっせいにマシンガンの照準を桐嶋に定めた。桐嶋組総本部に詰めていた組員たちは、すでにウラジーミルの部下が倒している。

氷川は恐怖で身体が竦《すく》んだが、標的になっている桐嶋は鼻でせせら笑った。

「ウラなんとか、ええ度胸や」

「桐嶋は邪魔だ」

ウラジーミルがトリガーを引こうとした瞬間、氷川は大声で叫びながら味噌《みそ》カツ煮《に》の皿を投げた。

「ふたりともやめなさーい」

ウラジーミルは難なく味噌カツ煮を避けたが、中年にさしかかっていると思しき部下を直撃する。ロシア語の悲鳴が上がったが、氷川に気にしている余裕はなかった。

「藤堂さん、肝心の君はどうしてそんなにのんびりしているの？　さっさと止めなさい」

氷川にしてみれば慌てない藤堂の神経が信じられない。

「桐嶋もウラジーミルも止めて止まるような男ではありません」

桐嶋のこともウラジーミルのことも熟知しているからか、藤堂はあえて口を挟まないらしい。氷川は釈然としなかった。

「そこをなんとかするのが藤堂さんの役目でしょう。ふたりに殺し合いをさせちゃいけません」

「姐さんらしいな」

「笑っている場合ですか？　藤堂さん、本当にウラジーミルの愛人なんですね？」

氷川が顔を引《ひ》き攣《つ》らせて念を押すと、藤堂はにっこりと微笑んだ。

「そのようです」

「藤堂さんの意思で愛人になったわけじゃありませんね」

どう考えても、藤堂からウラジーミルに擦り寄ったとは思えない。おそらく、ウラジーミルに一方的に望まれたのだろう。

「俺もいつの間にか愛人と呼ばれていたから最初は戸惑いました」

藤堂自身、ウラジーミルの愛人という立場に困惑したようだ。けれど、逃げだすほどでもなかったのか。逃げだすチャンスがなかったのだろうか。

氷川は金髪の絶世の美青年とスマートな紳士の本当の関係が今ひとつ把握できない。

「藤堂さん、他人事みたいに言っているけど、ウラジーミルみたいな危険人物と関《かか》わってはいけません。もう藤堂さんはカタギなんだから」

氷川は藤堂からウラジーミルに視線を流すと、切々とした感情を込めて言った。

「ウラジーミル、愛人とはなんですか。藤堂さんは日陰の身ですか。藤堂さんを愛人にす

ると は馬鹿にするにもほどがある。藤堂さんは桐嶋さんのお嫁さんです。もう君の愛人ではありません。お帰りなさい」

清和の姐として遇されているからか、愛人という立場がやけに神経に障る。女癖の悪い男性医師たちの実態を知っているからなおさらだ。

「パリで結婚式を挙げようと言ったが藤堂が拒んだ」

ウラジーミルは同性婚が認められているパリで藤堂と結婚するつもりだったらしい。知らなかった衝撃の事実に、驚いたのは氷川だけではなかった。晴信は苦しそうに低く呻《うめ》き、桐嶋は地球外生物のような声を漏らす。

「……うっ、そりゃ拒む……うん、藤堂さんはウラジーミルを愛していない。愛していないんだよ。諦《あきら》めて帰りなさい」

氷川が容赦ない現実をつきつけると、ウラジーミルはなんら問題にならないことのように軽く答えた。

「愛がなくても構わない」

ウラジーミルに強がっている様子は微塵《みじん》もない。藤堂に愛を求めていないわけではないだろうに。

「愛がないと困るでしょう」

氷川は驚愕《きょうがく》で黒目がちな目を揺らしたが、ウラジーミルは冷酷な声で言った。

「困らない。藤堂は連れて帰る。邪魔をするな」

ウラジーミルは無表情のまま、桐嶋に向かってマシンガンを発射した。周りにいた部下たちもいっせいにマシンガンで桐嶋を狙う。

桐嶋は目にも留まらぬ素早さでカウンターキッチンの奥に飛び込んだ。氷川は晴信に庇われて、頑丈なキャビネットの裏側に転がり込む。

マシンガンが堂々と持ち込まれて連射されるなど、ここは本当に日本なのだろうか、知らない間に日本はロシアの属国になっていたのだろうか、どうしてパトカーのサイレンが聞こえないのか、警察は何をやっているのか、マシンガンの不気味な発射音が気が遠くなるほど鳴り続けた。

あちこちに並んでいた酒瓶に弾が当たったのか、パリンパリンパリン、という音とともに日本酒とワインに混ざって焼酎《しょうちゅう》の匂《にお》いも漂ってくる。血の臭《にお》いはしないが、強烈な酒の匂いで掻《か》き消《け》されたのかもしれない。

「藤堂さん、桐嶋さんを助けてーっ」

氷川が甲高い悲鳴を上げると、ようやく藤堂がウラジーミルに話しかけた。

「ウラジーミル、やめろ。ここは日本だ」

藤堂が注意してもマシンガンの発射音は止まらない。氷川は恐怖で竦み上がったが、晴信は落ち着いていた。安心してください、桐嶋を殺す気なら目を合わせた時点で殺している、威嚇《いかく》だ、と晴信は氷川の耳元に囁《ささや》く。

「警察には金を握らせた」

ウラジーミルは警察に根回しをしてから、桐嶋組総本部に乗り込んできたらしい。マシンガンの音が派手に鳴り響いても警察が駆けつけないはずだ。早速、イジオットに籠絡《ろうらく》されている警察が情けなくてたまらない。正道くんになんとかしてもらおう、と氷川は潔癖な警察キャリアを瞼《まぶた》の裏に浮かべた。

「思ったより遅かったな」

愛されている自信からとは思えないが、藤堂の口ぶりではもっと早くウラジーミルが乗り込んでくると踏んでいたようだ。

「桐嶋に会う時間を与えてやったつもりだが？」

「君はそんな配慮ができる男だったか」

藤堂さん、いくらなんでもそれはないでしょう、と氷川が小声で突っ込むと、晴信も同意するようにコクリと頷いた。それでも本当に愛人か、と胡乱な目でキャビネットの向こう側を窺《うかが》う。

ウラジーミルが合図をしたのか、ピタリとマシンガンの発射音が止まった。

「桐嶋さん、無事かな？　無事でいて」

氷川は晴信に守られつつ、頑丈なキャビネットから顔を出す。

「義信と正道が戦った後よりマシ」

晴信は日光の中禅寺湖《ちゅうぜんじこ》を連想させるような笑顔を浮かべたが、桐嶋のプライベートフロアはむちゃくちゃな状態だ。ただ、壁や床、天井に大きな穴は空いてない。

「清和くんが暴れた後よりマシ」

昨夜、清和が破壊した組長室より被害は小さそうに見えた。晴信が指摘したように、威嚇だったのかもしれない。

もっとも、桐嶋の姿はどこにも見当たらない。部下たちの立ち位置から察するに、カウンターの奥に隠れているのだろうか。

「帰るぞ」

ウラジーミルはマシンガンを左手に持ったまま、右手で藤堂の腰を抱き直した。ふたりの美男子は並んで見ればしっくりくる。

「ウラジーミル、賭《か》けに勝ったのは誰だ?」

藤堂は常と同じように穏やかに言ったが、ウラジーミルのダイヤモンドのような目が曇った。

「…………」

「ウラジーミルが賭けに勝ったら、俺はウラジーミルのものになる。……だったな?」

藤堂の口調や声音はあくまで優しいが、どこか甘い棘《とげ》を含んでいる。ウラジーミルの端整な顔に走った影が色濃くなった。

「ああ」

「俺が賭けに勝ったら、ウラジーミルが俺のものになる。……そうだったな？」

いったい藤堂とウラジーミルの間でどんな賭けが行われたのだろう。氷川が知る限り、藤堂にギャンブルの趣味はなかった。晴信も意表を突かれたのか、真剣な目で藤堂とウラジーミルのやりとりを見つめている。

さしあたって、ただのパトロンと愛人ではないようだ。いや、藤堂の言動は愛人のものではない。

「ああ」

「君は俺のものになった。違うのか？」

藤堂は上品に微笑みつつ、自分の勝利を口にした。

「俺から離れるのは許さない」

ウラジーミルは賭けに負けても、藤堂を手放す気はまったくないようだ。部下たちに鷹《おう》揚《よう》な態度で顎《あご》をしゃくった瞬間、マシンガンが再びカウンターの奥に向かって発射される。

「やめてーっ」

氷川の絶叫に触発されたわけではないだろうが、藤堂は宥めるようにウラジーミルの背を叩いた。

「俺は冬のロシアは寒すぎて耐えられない。暖かくなったら……春のパリで会おう」

藤堂は関西屈指の高級住宅街である芦屋《あしや》の六麓荘《ろくろくそう》で生まれ育ち、東京の冬のきつい風に困惑していたデータが眞鍋組のデータバンクに残されている。確かに、極寒のロシアの冬には耐えられないだろう。氷川は寒さに弱いほうではないが、噂《うわさ》に聞くロシアの厳冬を体験したいとは思わない。

「春のパリ?」

「ああ、春のパリだ。サン・ジェルマン・デ・プレのレ・ドゥー・マゴで再会しよう。それまで待て」

藤堂はふたりにとって思い出のあるカフェを示唆したのか、ウラジーミルの目が優しくなった。

「逃げようなんて考えるな」

逃げても地の果てまで追いかける、とウラジーミルは言外に匂わせている。彼はそれだけの力を持っている男だ。

「無駄なことはしない」

藤堂らしさを集約している台詞《せりふ》が上品な口から漏れる。いや、本当に無駄なことをしない主義ならば、清和にあんな戦いを挑まなかったはずだが。

藤堂さんにとっても清和くんは特別の敵なんだ、と氷川は紳士然とした藤堂を無言で眺めた。

「春のパリだぞ」

氷川の目の錯覚かもしれないが、念を押すウラジーミルが初めて歳相応《としそうおう》の青年に見えた。まるで不実な恋人に焦《じ》れる純朴な男だ。

「ああ」

「桐嶋はいつでも殺せる」

桐嶋を殺されたくなければ約束を守れ、とウラジーミルは青い目で脅迫してから藤堂の唇を軽く噛《か》んだ。

「わかっている」

藤堂は宥めるようにウラジーミルのシャープな頰《ほお》に唇を寄せた。そして、エレベーターの扉に向かって歩きだした。

引き際を悟ったらしく、ウラジーミルは藤堂に促されるまま、屈強な部下たちとともにエレベーターに乗り込む。

鈍い音を立ててエレベーターが動きだした途端、カウンターの奥から中華鍋を頭から被った桐嶋がひょいと首を出した。雄々《おお》しくも頼もしい姿に、氷川は胸を弾ませたが、晴信は噴きだす。

「昨日ならエレベーターが壊れていたんや。ロシア軍団を乗せたまま落ちてまえ」

桐嶋が忌々《いまいま》しそうに舌打ちをすると、藤堂は何事もなかったかのような顔で尋ねた。

「元紀《もとき》、怪我《けが》はないか？」

「ああ、日本製のシステムキッチンと中華鍋は見所のある奴や」

「わかっていると思うが、彼らが本気だったらお前は即死していた。ロシアン・マフィアは日本のヤクザのように甘くはない」

藤堂はワインの説明のように澄ましていたが、桐嶋の凜々《りり》しい顔は複雑怪奇に歪んだ。

「カズ、いろいろと言いたいことは山ほどあるが、なんやあれは？」

桐嶋は中華鍋を被ったまま、藤堂に大股で近寄った。頭に血が上りすぎて中華鍋の存在を忘れているのかもしれない。

「ロシアン・マフィアのイジオットの幹部だ」

「そんなことはわかっとう。あのウラジーミルの愛人っていったいなんや？　なんでそんなけったいな奴のややこしいモンになっとるんや？　世の中には悪い奴がようけおると言ったやろう？　忘れたんか？　忘れたとは言わさへんで？　世の中にはホモがおるって教えたよな？　ナンパについていったらあかんって教えたよな？　ナンパがどんなもんかも教えたよな？　若いお前に群がったホモを蹴散《けち》らした俺の努力をどうしてくれる？　若い頃ならいざ知らず、三十にもなって何をやっとるんやっ。三十になったらオヤジになる

努力をせんかーっ」

桐嶋は物凄い勢いで責めだしたが、当の藤堂は相変わらず柔らかな微笑で流している。桐嶋が凄《すさ》まじいスピードで捲《まく》し立《た》てるので、氷川や晴信は口が挟めない。

晴信は蜂《はち》の巣になったチェストから救急箱を取りだすと、階段に向かって歩きだした。桐嶋組総本部ではウラジーミルの部下に痛めつけられた構成員たちが倒れているからだ。

「桐嶋さんと藤堂さん、ふたりきりにしたほうがいいかな」

後ろ髪を引かれたものの、氷川は医師の使命感で晴信に従った。

案の定、ひとつ下のフロアでは桐嶋組の構成員たちが白目を剝いて失神している。だが、凶器で傷を負った形跡はない。

「おい、大丈夫か？」

晴信がほっそりとした構成員の頰を叩いて覚醒させる。

「……あ、晴信アニキ？　金髪が怖いっス」

アニキ、と桐嶋組で慕われている晴信にさまざまな懸念を抱いたものの、今はそんな場合ではないと思い直す。氷川は折り重なるように倒れている構成員たちのそばで膝《ひざ》をついた。

一階に下りるまで二時間近くかかった。特に一階の正面玄関付近で大勢の桐嶋組の構成員が失神していた。

「不幸中の幸い、素手で倒してくれたんだね」

氷川が若い構成員の額にできた瘤《こぶ》を冷やしながら言うと、晴信は楽しそうに声を立てて笑った。

「マシンガンやナイフを使う必要もない、と侮《あなど》られたのでしょう。桐嶋の舎弟たちとは格が違う」

晴信の身も蓋《ふた》もない言葉に、イジオットのメンバーに一撃で倒された構成員たちは顔を真っ赤にした。

「アニキ、あいつらマジに強かったんスよ。今までの外国人とは全然違う。あんな強いロシア人、初めて見た」

「お前もヤクザならビビるな」

晴信は苦笑を漏らしているが、桐嶋組の構成員たちにはイジオットの恐怖が深く刻み込まれたらしい。

「眞鍋の奴らより何倍も怖かったっス……長江《ながえ》組より怖い……特にあの真ん中にいたボスが半端じゃねぇ。あんな恐ろしい奴は今まで一度も見たことがありません」

「俺もああいうタイプは初めて見るかな」

「眞鍋の虎《とら》より強いと思います」

桐嶋組の構成員たちは晴信がリキの異母兄だと知っているようだ。当然、眞鍋の虎ことリキが無敵の強さを誇っていることも知っている。かつてリキは単身で武闘派の暴力団に乗り込み、木刀一本で解散に追い込んだことがある。

「……兄としては義信の肩を持ちたいが、難しいところだな。剣の勝負なら義信が勝つが、殺し合いになれば負けるかもしれない」

晴信は構成員の頭に包帯を巻きつつ、ウラジーミルとリキの勝負の結果を予想した。リキ自身の見解と同じだ。

日本での知名度は高くないが、ロシア国内は言わずもがなヨーロッパでもウラジーミルの名は轟《とどろ》いているという。あまりのスケールに大きさに、かえって氷川には現実味がなかった。

あらかたの治療を終えた後、氷川と晴信はエレベーターで桐嶋のプライベートフロアに上がる。

エレベーターの扉が開いた途端、桐嶋の怒鳴り声が耳に飛び込んできた。

「昔から言うとうけど、お前にスキがあるからあかんのや。自分の見栄《みば》えがどんなもんか、よう鏡を見て考えや。十七で成金のホモオヤジに三宮《さんのみや》で『一月百万でどうや』って誘われたからわかっとうやろ。上京したての頃は『一晩一万』から『一晩五万』までいろいろな援助交際のお誘いがあったな？　俺にそんなお誘いはなかったが、お前はちょっと歩いただけでけったいな奴がやってきよった。もうあの頃みたいな美少年ちゃうが、今でも見栄えはそこそこイケる。外国のほうがホモは多いんやから気合を入れて歩かんとあかんやろが。第一、あの『春のパリで会おう』っていうアレはなんや？　春になったらウラジーミルの愛人に戻るつもりか？　春に愛人になったら夏も秋も冬も愛人のままやと思うで。たけのこご飯の季節も冷麺《れいめん》の季節も焼き芋の季節も鍋の季節もずっとずっとず～っと愛人のままやで。ロシア人の愛人になったら、ロシアクマの餌《えさ》にされるかもしれへんで。お前はロシアクマの糞《ふん》になるために生まれてきたんかっ」

桐嶋は仁王立ちで喚き続け、藤堂はソファに腰を下ろしてワインを飲んでいる。桐嶋が頭に被っていた中華鍋は窓際にまで飛んでいた。

「桐嶋さん、よくあんなにペラペラと喋れるね。どこで息継ぎをしているのかな……」

氷川が感服したように呟くと、晴信はシニカルに口元を緩めた。

「この様子だと、桐嶋はずっと怒鳴り続けて、藤堂は無言で聞き流していたんだな」

「……え？　あれから二時間くらい経《た》っているよね？」

氷川は仰天して自分の腕時計で時間を確かめた。桐嶋と藤堂はなんの実りもない時間を過ごしていたというのか。

「桐嶋ならば三時間以上、余裕で捲し立てる。藤堂ならば三時間以上、黙って聞き流す。昨日からずっとあの調子だ」

晴信は桐嶋の兄貴分として桐嶋組総本部を仕切っている。だから、桐嶋が引《ひ》き摺《ず》るようにして連れてきた藤堂の様子を最初から見ている。

「そうなの？　ふたりで今後について話し合っていたんじゃないの？」

桐嶋が藤堂と時間を無駄にしていた頃、氷川は身体を使って懸命に清和を宥めていた。

「桐嶋と藤堂じゃ、話し合いにならない」

不思議なふたりだな、と晴信は楽しそうに喉の奥で笑った。どうやら、藤堂にも好感を抱いているらしい。

「たこ焼き屋かお好み焼き屋を開く話は？」

「桐嶋が勝手にたこ焼き屋とお好み焼き屋の話をしていた。藤堂は観音菩薩《かんのんぼさつ》みたいな様子でなんの返事もしない」

今と同じ、と晴信は責め立てる桐嶋と微笑む藤堂を見た。

いつ、眞鍋組の面々が押し寄せてくるかわからないので、氷川は悠長なことはしていられない。床に散らばっている酒瓶の破片を避けつつ、桐嶋と藤堂に近寄った。

「桐嶋さん、藤堂さんを一方的に責めるのはそこまでにしよう」

氷川は桐嶋から藤堂に視線を流した。

「藤堂さん、春になったらパリでウラジーミルと再会する気ですか？」

フランスに渡ったことはないが、芸術の都と謳われるパリがどれだけ美しい街か、氷川もよく知っている。藤堂は元藤堂組のシマより、パリの洗練された街並みのほうが何倍もしっくりと馴染むだろう。

「はい」

「ウラジーミルの愛人として生きたいのですか？」

「姐さん、誤解しないでください。誰も来年の春とは言っていません」

一瞬、藤堂の言葉の意味がわからず、氷川は怪訝《けげん》な目で聞き返した。

「……え？」

藤堂の口ぶりでは、来年の春としか思えなかった。桐嶋や晴信も同じ気持ちなのか、きょとんとした面持ちで藤堂の言葉を待つ。

「春のパリ、と俺はウラジーミルに約束しましたが、来年の春とも再来年の春とも言っていません」

二十年後の春のパリで再会しますよ、と藤堂は超然と続けた。二十年後ならば藤堂は五十歳だ。

ウラジーミルは来年の春に藤堂とパリで再会する気だったに違いない。だからこそ、桐嶋の血を流さずに退いたのだ。

「……藤堂さん、なんて姑息《こそく》な」

氷川は呆気《あっけ》に取られたが、晴信はウラジーミルに同情したようだ。

「俺は初めてウラジーミルが哀れになった。あいつは藤堂さんに惚《ほ》れている」

晴信に同調したわけではないだろうが、桐嶋は自身も真っ直ぐな性分だけにウラジーミルに初めて情を示した。

「俺もウラジーミルが可哀相《かわいそう》に思えてきた……いや、可哀相なんて思う必要はないんや。今までにもカズに惚れたホモはようけおった。あんなロシア男ならカズを六本木《ろっぽんぎ》のペントハウスに囲おうとした成金オヤジのほうがマシや」

桐嶋は自分で自分の頬を叩いた。

氷川の足元の危険を察したのか、晴信は手袋をすると床に散らばっている酒瓶の破片を拾い集める。桐嶋も氷川の安全について危惧《きぐ》したのか、手袋をして床を片づけだした。まさしく、ふたりとも氷川の忠実な舎弟である。

藤堂と真正面から向き合っているのは氷川だ。

「藤堂さん、そんな小手先っていうか、そんな姑息な言い訳は通用しないと思う。来年の春、パリで会わなかったらウラジーミルはまた攻め込んでくるよ」

藤堂は小汚い手を使う、と清和やショウといった眞鍋組の男たちは口を揃える。清和やショウならばこんな姑息な言い回しは使わない。正確にいえば、清和やショウは思いつきもしないはずだ。

「来年の春になればまた流れは変わるでしょう」

人であれ、仕事であれ、景気であれ、時節が変わるとともに変化するものがある。来年の春、ウラジーミルの周りが一変している可能性は否定できない。

「それは藤堂さんの希望ですね？」

桐嶋が罵《ののし》るように、藤堂はどこか甘いような気がすると氷川は思った。

「ウラジーミルは次期ボスの座に一番近い男ですが、イジオットはいつ誰を暗殺しても不思議ではない組織です。俺ひとりに割いている時間はない」

藤堂の口ぶりからイジオットという組織内部の苛烈《かれつ》さを感じ取った。漠然とした恐ろしさに、氷川の身体が凍りつく。

「ウラジーミルはそんなに忙しくても藤堂さんのためにわざわざ来日したんでしょう？結構、長い間、日本にいますよね？」

「四日前に帰国命令が届いています。ウラジーミルはボスからの命令を無視していたのです」

今夜中に日本を発《た》つでしょう、と藤堂はウラジーミルの帰国に言及した。ウラジーミルに対してなんの想《おも》いも感じられない。

「藤堂さん、ウラジーミルをどうする気？」

氷川は非難するような目で尋ねたが、藤堂は平然と受け流した。

「どうもしません」

「そういうわけにはいかないでしょう」

「ウラジーミル相手に強引に動いても無駄です。流れを見ます」

藤堂には藤堂の考えがあるとは理解しているが、氷川はどうしたって釈然としない。清和相手に小汚い禁じ手を次から次へと繰りだした男と同一人物とは思えなかった。何しろ、藤堂の仕掛けた罠《わな》がきっかけで、清和は修羅《しゅら》の道に飛び込むことになったのだ。藤堂本人にそんな気はさらさらなかったかもしれないが、氷川はどうしたって恨まずにはいられない。

「そんな呑気《のんき》なことを言っているから、愛人になったんじゃないですか？」

氷川が皮肉を込めて言うと、藤堂はあっさりと認めた。

「そうかもしれませんね」

「……あ、でも、奥さんになることはちゃんと拒みましたね？」

ウラジーミルと藤堂が結婚式を挙げていたら清和はどう思うか、氷川は想像することさえできなかった。おそらく、清和は直接結婚式を見なければ決して認めないだろう。

「ロシアン・ジョークかと思ったのですが」

そろそろ眞鍋が周りを取り囲んでいるんじゃないですか、と藤堂は清和のお迎えを口にしたが、氷川はきつい目で首を振った。

藤堂からすべて聞きだし、打開策を練るまでは帰らないつもりだ。

「愛人っていってもある程度の自由はある？　そういえば、賭け？　賭けに勝ったとか、負けたとか？　いったい何？　正直に話してくれるまで寝かせません」

氷川から並々ならぬ闘志を感じたのか、藤堂は柔和な微笑を浮かべた。

「二代目の心中は察して余りある」

「もう、なんでもいいから。いったいウラジーミルとどんな賭けをしたんですか？」

賭けに関する藤堂とウラジーミルのやりとりが妙に引っかかった。氷川の心に棘《とげ》のように刺さったままだ。

「シャチが橘高《きったか》清和を裏切るか、裏切らないかです」

藤堂は平然とした調子で明かしたが、氷川は理解できずに胡乱な目で聞き返した。

「……え？　シャチ？　シャチくん？　うちのシャチくん？　どうしてシャチくん？」

シャチとはサメ率いる諜報部隊に所属していた凄腕のメンバーだ。実妹の婿が清和と反目していた名取《なとり》グループの秋信《あきのぶ》社長の秘書であった。それゆえ実妹をエサに脅されたシャチは裏切りたくないのに清和を裏切る羽目になった。タイに渡った清和の訃報《ふほう》が飛び込んできた時のことは、今でも鮮明に覚えている。

「俺がウラジーミルと深く関わり合うきっかけになったと言えば語弊があるかもしれませ

んが、ウラジーミルの力を借りた原因はシャチです」

「シャチくんが藤堂さんに何をしたって言うんですか？」

「ヨーロッパに飛んでもシャチに追われました。ウラジーミルが忍者と錯覚するほど、シャチの尾行術は素晴らしかった」

藤堂はどこか遠い目で在りし日の出来事を語ったが、そこはかとない苦悩と疲労が漂っている。おそらく、ヨーロッパでもシャチの追跡能力は落ちなかったのだろう。結果、藤堂はウラジーミルを頼らざるを得なくなったのだ。

「シャチくんは藤堂さんを追っていた？　行方がわからない、とか清和くんは言っていたのに」

「側近が二代目まで情報を上げなかった可能性はありますね」

「……だから、ウラジーミルの力なんか借りずに、さっさと日本に戻ってくればよかったのに。どれだけ桐嶋さんが心配したと思うの」

ウラジーミルが関与していなければ、清和もあそこまで警戒心を強めなかっただろう。ウラジーミルが来日中にスラブ美人を使って百億という大金を叩きだしたからなおさらだ。藤堂がウラジーミルに手を貸したと、清和のみならず側近たちも思い込んでいる。

「元紀からはさんざん愚痴を聞かされました。俺は寝不足です」

藤堂は気障《きざ》な仕草で肩を竦めると、ソファから離れようとした。しかし、氷川は藤堂をベッドに行かせたりはしない。

「どんなに言っても足りない……っと、脱線した。その賭けだけど、どうしてシャチくんのお家《うち》の事情を知っていたの？」

サメは事件が起こって再調査するまで、シャチの実妹の存在さえ知らなかった。シャチの葛藤《かっとう》にまったく気づいてやれなかったのだ。

「二代目が俺や俺の関係者を徹底的に調べていたように、俺も二代目や二代目の関係者をあらゆる手段を講じて調べました。ほんの偶然からシャチの弱みを摑んだのです」

藤堂にしても得ようとして得た情報ではないらしい。

「シャチくんの弱みを摑んだら……摑んだだけで、シャチくんが裏切ると？　そう思いついた？」

「シャチが板挟みになって苦しむ姿が想像できましたから」

藤堂はシャチが裏切ることを推測し、ウラジーミルと賭けをしたようだ。まったくもって侮れない男である。

「清和くんが藤堂さんを認めるわけだ」

「褒めていただいといてなんですが、芳《かんば》しい結果には結びついていません」

氷川はふと、つい最近、終結したばかりの清和最大の苦戦を思い出した。この藤堂ならば、虎視眈々《こしたんたん》と復讐劇《ふくしゅうげき》を練っていた京子《きょうこ》の存在に気づいていたかもしれない。そうでなければ、眞鍋組の初代姐に連絡は入れないだろう。

「……まさか、まさか、京子さんが清和くんに復讐することにも気づいていた？」

氷川が掠《かす》れた声で尋ねると、藤堂は肯定も否定もしなかった。

「女性、特にああいう手合いの女性を怒らせると恐ろしい。いくら姐さんを子供の頃から愛していたとはいえ、二代目は京子さんに対する配慮を欠いてしまった」

氷川と再会するまで、京子は清和の姐候補として大事に扱われていた。眞鍋組の初代姐の親戚筋《しんせきすじ》に当たる娘だし、橘高夫妻の評価も高かったのだ。何より、女王然とした京子が清和には尽くしている。

「そこまで気づいていたなら教えてくれればよかったのに……なんの罪もない人が犠牲になったのに……」

リキを庇って死んだ本当の松本力也《まつもとりきや》の妻子が人質として取られていたから、清和は思い切った手が取れなかった。橘高夫妻も囚《とら》われていたから、さらに動きづらくなった。その結果、松本力也の子供は助けられたが、妻は助けられなかった。氷川だけでなく清和やリキ、眞鍋組の男たちは今でも胸を痛めている。唯一の救いは、橘高夫妻に引き取られた子供が元気に過ごしていることだ。

「お忘れかもしれませんが、俺は二代目の幸福を願う男ではありません」

桐嶋の危機が逼迫《ひっぱく》しなければ、藤堂は京子の怨念《おんねん》じみた復讐劇を高みの見物と洒落込んでいたかもしれない。

「これからは考え方を変えましょう。生き方を変えてください」

藤堂に清和の幸福を願えとは言えないが、せめて不幸を画策しないでほしい。ショウや頼もしい義父《ちち》など、藤堂が欲しくてたまらなかったものを清和はすべて持っているという。氷川にしてみれば、清和は決して恵まれた子供ではなかったし、幸運の女神に愛されているとも思えない。悪運は強い、と清和は常々主張しているが、氷川から見ればまったく根拠はない。

「そうできればいいですね」

藤堂の曖昧《あいまい》な台詞に、氷川の神経はささくれだった。

「そんな他人事みたいな言い方をしない。断固とした自分の意志で自分を変えるんです。清和くんとの共存を考えてください」

氷川は誠心誠意を込めて藤堂の手をぎゅっと握った。手が冷たいからといって、心の中も冷え切っているとは思わない。

「二代目は姐さん次第でしょう」

「僕も清和くんを説得するけど、藤堂さんもおとなしくしてください。もうウラジーミルみたいな危険な男と関わらないように……無理かな……どうやってウラジーミルから逃げるか……あの、ウラジーミルと初めて会ったのはいつですか？」

ふと氷川は藤堂とウラジーミルとの出会いが気になった。最近出会ったわけではないだろう。

「もうだいぶ前です」

藤堂の漠然とした答えに、氷川は手を小刻みに振った。

「藤堂さんがいくつの時ですか？」

氷川の脳裏には清和が摑んでいた藤堂の情報が叩き込まれている。藤堂の当時の年齢を聞いたほうが手っ取り早いし正確だ。

「二十二歳の時です」

「……二十二歳？　金子《かねこ》組の若頭補佐だった頃ですね？」

藤堂は桐嶋の反対を押し切り金子組の構成員になった。そして、その知性を活用して大金を稼ぎだし、瞬く間に頭角を現した。二十二歳で若頭補佐など、破格の出世である。ただ惜しむらくは容姿がすこぶる甘かったことだ。

「はい、まだほんの駆けだしでした」

若くて甘い美男子の藤堂は、ほかの暴力団の構成員のみならず金子組の構成員からもさんざん馬鹿にされたという。清和も若いと見くびられるが、確固たる後ろ盾のいない当時の藤堂はその比ではなかった。

それでも、常に藤堂は自身の実力で敵をねじ伏せてきた。

「藤堂さんは二十二歳の時に金子組の若頭補佐としてロシアン・マフィアのブルガーコフと手を組むためにロシアに渡っていますね？」

かつてロシアにはブルガーコフというロシアン・マフィアがあった。イジオットに比べたら歴史は浅く、規模も遥《はる》かに小さかったが、勢いだけはあったらしい。金子組の組長の意思でブルガーコフと金子組が共闘することになったのだ。

「よくご存じで」

「もしかして、その時、ウラジーミルと出会った？」

「姐さん、ご炯眼《けいがん》さすがです」

「そうなの？　清和くんはそんな情報を摑んでいないよ」

氷川が素《す》っ頓狂《とんきょう》な声を上げると、それまで黙々とフロアを片づけていた桐嶋が口を挟んできた。

「カズ、俺も初耳や。詳しく聞かせてぇや」

桐嶋の手には鹿児島県産の芋焼酎の一升瓶があり、傍らにいる晴信の手には山形県産の純米大吟醸の一升瓶が握られている。

「サメならばすでに摑んでいると思いますが」

藤堂が苦笑を漏らしたので、氷川は軽く手を振ってから知っている情報を口にした。

「ブルガーコフはイジオットの襲撃を受けて全滅、とばっちりを受けた金子組の幹部や構成員たちも全員死亡、助かったのは藤堂さんだけ……武闘派じゃない藤堂さんだけ助かっていますし、ブルガーコフの隠し財産を掠め取って帰国したから、藤堂さんの黒幕説がありますね？」

絶対に藤堂が裏で糸を引いている、藤堂が金子組の幹部を暗殺したことは間違いない、と清和は勘繰っているが、藤堂の仕業と考えるにはいろいろと不自然な点があるという。ブルガーコフを襲撃したイジオットの精鋭部隊も全員、その場で命を落としているのだ。

確かなことは、藤堂を敵対視していた金子組の幹部と構成員たちがロシアで亡《な》くなったこと。藤堂がブルガーコフの隠し財産を持ちだし、当時逼迫していた金子組の経済危機を救ったこと。このふたつは間違いない事実だ。

「それこそ買い被りです」

「僕が見た資料にウラジーミルの名前はなかった。ブルガーコフとイジオットの戦争のどさくさに紛れて、金子組の幹部の命と大金、一挙両得を狙った藤堂さんの黒幕説が最有力候補です」

「それがもし本当ならば俺は優秀な男ですね」

藤堂の曖昧な微笑と台詞に、氷川の神経がブチ切れそうになった。

「藤堂さん、のらりくらり話法はやめてください。事実をはきはきと明確に言ってください」

　氷川の剣幕に思うところがあったのか、晴信が爽やかな笑顔で山形県産の純米大吟醸を勧めてきた。

「まま、姐さん、ここはひとついかがですか？」

「いただきます」

　氷川は山形県産の純米大吟醸を一気に飲んでから、戦地に赴くような目つきで藤堂を睨みつける。

「藤堂さん、言い逃れは許さない。ウラジーミルを恋する暴走男……じゃない、恋する男にした出会いを吐きなさい」

　氷川が空になったグラスをテーブルに叩きつけるように置いた時、頭に包帯を巻いた構成員が真っ青な顔で現れた。

「失礼します、ヤバいのが団体でやってきましたっ」

　今か今かと待ち構えていた清和が、舎弟たちを従えて乗り込んできたのだろう。景気づけとばかりに、桐嶋は長野県産のそば焼酎と宮崎県産の麦焼酎をラッパ飲みしてから立ち上がった。

「おっしゃ、とうとう眞鍋が来よったか」

　ウラジーミルと鉢合わせせんでよかったわ、と桐嶋が不敵に自分の腹部を叩くと、頭に包帯を巻いた構成員が涙声で言った。

「眞鍋組じゃありません。ブラッディマッドです。先頭にはあの奏多がいます」

誰もが清和が氷川を迎えに来たのだと思い込んでいた。氷川自身、そう思っていたから驚愕で声が出ない。

「ブラッディマッドの奏多？　あの鬼畜と評判の暴走族のアタマか？」

桐嶋もブラッディマッドについては耳にしているし、総長である奏多に関する噂も聞いているようだ。

晴信は難問を前にした受験生のような顔で最高級の純米大吟醸を飲み続けている。

「そうです。ビルに火をつけられるかもしれない。逃げてくださいっ」

頭に包帯を巻いた構成員の極道とは思えない言葉に、藤堂は優雅に微笑み、桐嶋は目を剝いて怒った。

「アホ、ヤクザのくせにゾクにビビるとは何事や。いきがっとうガキに灸《きゅう》を据えてやらなあかん」

桐嶋は宮崎県産の麦焼酎の瓶を手にしたままエレベーターに向かったが、藤堂がスマートな動作で止めた。

「奏多には俺が会う。元紀は出るな」

藤堂の想定外の行動に、桐嶋は口をポカンと開けた。

「……あ？　なんや？　お前があんな鬼畜に会ったら危険やんか。ガキは限度を知らんから無茶をやらかすが、奏多は血も涙もない鬼畜やで」

失明させられるぞ、と桐嶋は藤堂の涼やかな目を指で差した。後遺症を考えず、急所を狙いまくるブラッディマッドの戦い方を危惧しているのだ。

「奏多とは交流がある」

「あの地獄の閻魔《えんま》さんも裸足《はだし》で逃げだしそうな鬼畜と知り合いなんか？」

「奏多は攻めて来たんじゃない。間違えるな」

藤堂はいつもと同じような風情で言うと、ひとりでエレベーターに乗り込んだ。鈍い音を立てて藤堂を乗せたエレベーターの扉は閉まる。

桐嶋は呆然《ぼうぜん》としていたが、我に返ったのか、階段を駆け下りていく。氷川も慌てて桐嶋に続いた。

姐さん、桐嶋、奏多とやらは藤堂さんに任せておけ、という晴信の声を無視した。

「桐嶋さん、どうして藤堂さんはブラッディマッドの奏多くんを知っているの？」

氷川が桐嶋の背に向かって尋ねると、怒りを含んだダミ声で返答があった。

「姐さん、俺が知るわけないやろう。そっちこそ、なんかネタがあるんやないですか？　ケチケチせんと教えてぇや」

強烈なウラジーミルの出現で忘れていたが、氷川には藤堂に問い質さねばならない事項があった。すなわち、ブラッディマッドの奏多のことだ。

「藤堂さんは帰国して奏多くんと会っていたとか。キスしろって奏多くんが藤堂さんに命令して、藤堂さんが奏多くんにキスしたとか」

氷川がありのままを告げると、桐嶋は階段から滑り落ちそうになったが、自身の腕力で留《と》まった。到底、氷川には真似できない力業だ。

「……は？　奏多とカズがキス？」

罰ゲームかなんかかいな、罰ゲームやったらいいのにな、罰ゲームちゃうやろな、と桐嶋の目は焦点が定まらない。

「清和くんはガセネタだって信じていなかった」

「……カズのことやから、またけったいな奴に引っかかったんかもしれんっ」

誰よりも藤堂を知る男ならではの見解に、氷川は瞬《まばた》きを繰り返した。

「……え？　藤堂さん、ウラジーミルだけじゃなくて奏多くんも？」

「カズ、ほんまにあいつはアホや。なんでけったいな奴ばかり引き寄せるんや。金子組長なんかに盃《さかずき》をもろたんがそもそもの間違いなんや。あんな度量の狭い金子組長なんか漢《おとこ》でもなんでもないわ」

桐嶋の怒りがだいぶ過去まで遡《さかのぼ》った時、ようやく一階に辿り着いた。氷川の息は乱れているが、それ以上に桐嶋の剣幕が物凄い。

正面玄関に続く広い廊下では桐嶋組の構成員たちが集まり、青褪めた顔で肩を寄せ合っている。とてもじゃないが、暴力団内部の様子ではない。ただ、これでも桐嶋の鉄拳教育によって藤堂が組長だった時代より改善されたとのことだ。

「おう、カズはどこに行きよった？」

桐嶋が凄まじい迫力を張らせて問うと、ジバンシィのソフトスーツを着た構成員が震える指で米粒のように見える正面玄関を差した。

「……藤堂さんはあっちに……危険だから止めたんですけど……ほかの奴らは逃げています」

俺たちは逃げませんでした、とジバンシィのソフトスーツを着た構成員は主張した。仔《こ》鹿《じか》のようにガタガタ震えている構成員や柱にしがみついている構成員も、同意するように涙目で相槌を打つ。

「ガキの襲来で逃げだすヤクザがおるか」

桐嶋ならずとも文句を言いたくなる。

桐嶋組はこんなに腑甲斐《ふがい》ない構成員ばかりだったのか、桐嶋さんが組長になって少しは改善されたのではなかったのか、と氷川は首を傾《かし》げてしまう。

「だって、ロシア軍団みたいに強いと思うし……」

どうやら、ウラジーミル一行のダメージが桐嶋組の構成員に大きく残っているらしい。

よほどウラジーミル率いるロシア軍団が恐ろしかったのだろう。

「あほんだらぁ」

桐嶋は唾《つば》を撒《ま》き散《ち》らしながら怒鳴ると、正面玄関に向かって走りだした。氷川も全力疾走で続く。

桐嶋組総本部といっても、昨今の事情から極道色は極力控えめのディスプレイになっている。特に正面玄関付近はどこかの一般企業のようなエントランスであり、背の高い観葉植物の鉢植えが衝立のように並んでいるスペースに藤堂と奏多は立っていた。

奏多の顔立ちは凛々しく整っているが、身につけている赤い特攻服のせいか雰囲気はすこぶる猛々《たけだけ》しい。手にはお約束のように鉄パイプが握られていた。

けれども、鉄パイプで藤堂を打ちのめした気配はない。

「奏多、ありがとう。気をつけて帰りなさい」

藤堂がたわやかな微笑で送りだそうとすると、奏多はぶっきらぼうな口調で言い放った。

「藤堂さん、キスしろ」

藤堂は奏多に言われた通り、その冷たそうな唇にキスを落とす。

白いスーツ姿の上品な紳士と赤い特攻服姿の鬼畜のキスシーンに、氷川と桐嶋の口から魂が飛びだした。

触れるだけの軽いキスだが、奏多は満足したらしく、鉄パイプを遊ばせながら足早に立ち去る。

「元紀、姐さん、心配する必要はありません」

藤堂は艶然《えんぜん》と微笑んでいるが、氷川と桐嶋は人形のように立ち尽くしているだけだ。いや、けたたましいバイクのエンジン音で氷川は正気を取り戻す。

「……藤堂さん、どういうこと？」

氷川は奏多が消えた正面玄関を指で差しながら藤堂に尋ねた。

「桐嶋組がイジオットに襲撃されたという報告を聞いて、奏多はブラッディマッドのメンバーを集めて駆けつけてくれたのです。襲撃ではなく援護ですよ」

一瞬、藤堂が語った内容が理解できず、氷川は白百合《しらゆり》という形容を裏切る無残な表情で聞き返した。

「……へっ？　奏多くんがブラッディマッドのメンバーをわざわざ集めて？　助けに来てくれたの？　イジオットに襲われたと思って？　……え？　いったい奏多くんとどういう関係なの？」

氷川の思考回路が複雑に作動し、今にもショートしそうだ。傍らに立つ桐嶋は依然として正面玄関のオブジェのようである。

「一言で表現するのは難しい」

説明したくないのか、説明しづらいのか、ただ単に面倒なのか、自分でもわからないのか、理由は定かではないが、藤堂はあやふやな微笑で流そうとした。

「キスしてって奏多くんにせがまれてキスしてたよね？　暴走族のトップって男とキスしたがるの？」

暴走族に詳しくはないが、ショウや京介《きょうすけ》といった暴走族のトップを張った過去を持つ男にそういうフシはない。

毘沙門天の旗を靡《なび》かせながら大型バイクを乗り回していた頃、先に総長の座に就いたのはショウだった。だが、ショウはすぐ面倒になって、京介に総長の座を押しつけている。京介が総長の時代に毘沙門天の名は関東圏のみならず日本全国に轟いた。

「奏多が変わっているのでしょう」

「もしかしたら、奏多くんは藤堂さんが好きなのかな？」

氷川がズバリと切り込むと、藤堂は歳の差を理由に誤魔化そうとした。

「俺と奏多の歳の差は姐さんと二代目以上ですが……」

その残虐な行為や大人びた容姿から忘れてしまいそうだが、奏多はまだ十七歳であり、父親が多額の寄付金を積んだエスカレーター式の名門高校に在籍している。

「奏多くんは藤堂さんが好きなの？　そうなんだね？　奏多くんは藤堂さんが好きなんでしょう？　ウラジーミルは奏多くんのことを知っているの？　まだ知らないよね？」

氷川が上ずった声で言いまくった後、怒髪天を衝《つ》いた桐嶋の罵声《ばせい》が響き渡った。

「この世間知らずのお坊ちゃん、またけったいな奴に引っかかったなっ、あの赤い鬼畜がコブラや毒ガスより凶悪な奴やってわかってるやろうがっ、お前はそんなこともわからへんのかーっ」

氷川には桐嶋が藤堂を罵倒する気持ちがよくわかる。よりによってというか、どうしてというか、なぜ、藤堂は強烈すぎる危険人物ばかり魅了してしまうのか。

なんにせよ、清和の藤堂への警戒心はますます強くなるに違いない。ロシアン・マフィアのイジオット相手でさえ、奏多は恐れずに駆けつけたのだから、眞鍋組だったら嬉々《きき》として戦うだろう。一歩間違えば、藤堂絡みの大戦争がブラッディマッドと眞鍋組の間に勃発《ぼっぱつ》する。

「藤堂さん、奏多くんと何があったのか、あらいざらい聞かせてもらう。ウラジーミルとのことも全部、喋ってもらう。今夜は寝かさないからね」

氷川が藤堂に向かって思い切り凄むと、桐嶋は野獣のような雄叫びを上げた。

5

桐嶋《きりしま》組総本部の最上階は桐嶋の天まで届きそうな罵声《ばせい》が延々と続き、すでに外では新聞配達のバイクが走っていた。

「カズ、お前はどこまでアホなんやーっ。そんな奏多《かなた》のチ〇コは蹴《け》り飛《と》ばせ。ウラジーミルに押し倒されたらチ〇コを噛《か》み切《き》れ。なんで噛み切らんのやーっ。少しでも情を見せたらつけこむのが男やでーっ。お前は男のくせに男をわかっておらんのかーっ。お前はそれでも俺のツレかーっ」

ターゲットは藤堂《とうどう》ひとり、氷川《ひかわ》や桐嶋、晴信《はるのぶ》がグルリと取り囲んで話を聞きだす。得てして、感情的になる桐嶋を宥《なだ》めるのは晴信だ。まぁ、飲め、と晴信は絶妙のタイミングで桐嶋に酒を差しだすのだが、なかなかできるものではない。

氷川は感情の赴くままに藤堂を叱《しか》った。

「……藤堂さん、その奏多くんとのファーストコンタクト、それが間違っている。狂犬を食事に誘ってはいけない」

どんなに氷川が呆《あき》れても、桐嶋が激昂《げっこう》しても、感心するぐらい藤堂の態度は変わらなかった。

「姐《あね》さん、こんなところにいてもいいのですか？　二代目は誰よりも魅力的な男ですから、そばに帰ってさしあげたほうが姐さんのためにはよろしいかと思いますが？」

藤堂はノートパソコンを操作しつつ、意味深な口調で氷川を揺さぶりだした。氷川の猛攻に負けたというより、体力的に限界が近づいているらしい。

「藤堂さん、嫌みっぽい」

「姐さん、お疲れではないのですか？」

氷川は日本人形のように楚々《そそ》としているが、精神的にも肉体的にもタフだ。徹夜ぐらいなんでもない。

「藤堂さんの存在は眠気を吹き飛ばす」

氷川が大分県産の大吟醸古酒を注がれたグラスを手に力むと、桐嶋や晴信も同意するように大きく頷《うなず》いた。

「そうですか。二時間前に二代目が若い女性と一緒にホテルに入ったそうです。よろしいのでしょうか？」

藤堂の爆弾発言に、氷川の心臓は止まった。いや、止まったかと思った。いつもならとっくの昔に清和《せいわ》が乗り込んできているはずだ。若い女性が傍《かたわ》らにいるから、清和はやって来ないのだろうか。ショウや宇治《うじ》、卓《すぐる》といった舎弟たちも勘繰られるのがいやで、迎えに来ないのかもしれない。

「……藤堂さん、そんな嘘《うそ》で僕を帰らせようとしても無駄だよ」

氷川は全力で自分を抑え込んだが、グラスを持つ手はぶるぶると震えている。藤堂の作り話だと踏んでいるが、清和が数多《あまた》の女性を虜《とりこ》にする男だけに動じてしまうのだ。

桐嶋は確認を取るために携帯電話を操作しだし、晴信は横から楽しそうな顔で覗《のぞ》いている。

「嘘ではありません。二代目が若い女性とコーナースイートに入っていった映像です」

藤堂が指摘した通り、モニター画面には長い髪の美女の肩を抱いて外資系高級ホテルのエントランスを進む清和がいた。ふたりとも清々《すがすが》しいぐらい堂々としている。

「……藤堂さん、この画像の入手先はどこ？」

清和が長い髪の美女の肩を抱いて、部屋に入る場面も撮影されている。これ以上ない、決定的な瞬間だ。

「ニュースソースは明かせません」

「木蓮《もくれん》？　バカラ？　一休《いっきゅう》？」

氷川が一流と目されている情報屋の呼び名を羅列すると、藤堂は苦笑を漏らした。

「ブラッディマッドの奏多から送られてきました。眞鍋《まなべ》組の二代目が浮気している、と」

ブラッディマッドのメンバーのOBが高級ホテルで清和を見かけて盗撮し、総長である奏多に送ったという。奏多にどんな意図があって、藤堂に清和の浮気現場の証拠を送ったのか、氷川には計りかねる。

「そう、ブラッディマッドの奏多くん……」

「姐さん、お帰りになられたらどうですか？」

二代目も姐さんがそばにいないから寂しかったのでしょう、と藤堂はもっともらしく続けた。

桐嶋もスルメを嚙みながら頷き、晴信はジャケットのポケットにあるバイクのキーを確認しつつ、氷川を送るために立ち上がる。ふたりとも清和がとうとう浮気をしたと信じて疑わない。

氷川は自分を奮い立たせるように大分県産の大吟醸古酒を飲んでから言った。

「藤堂さんなら気づいているんじゃないですか？　そこに映っている男は清和くんによく似ているけど清和くんじゃない。清和くんの偽物に肩を抱かれている女性は女装した卓くんです」

桐嶋と晴信は度肝を抜かれたらしく、ふたりとも豆鉄砲を食《く》った鳩《はと》のような顔で固まった。

以前、女性連れで宝飾店に入る姿に惑わされたが、同じ間違いは繰り返さない。氷川が命より大切な清和を見間違えるはずがないのだ。モニター画面に映っている男と清和では目の切れ方が微妙に違った。

「姐さん、お見事です」

藤堂は氷川の炯眼《けいがん》を称《たた》えるように、ワイングラスを高く掲げた。ワイングラスの中で波打つ濃いルビー色のワインは、ナポレオンが愛飲したという逸話があるブルゴーニュ産のシャンベルタンだ。

桐嶋は称賛するようにスルメを掲げ、晴信はたこせんべいを掲げた。

「こういうシナリオを書くのは祐《たすく》くんです。誰がその手に乗るか」

清和に扮《ふん》しているのはショコラティエである桂木生馬《かつらぎいくま》であり、京子《きょうこ》が伊豆《いず》で見つけ、利用するために東京に連れてきた。以前、浮気相手だと思い込んで箱根《はこね》に乗り込む羽目になったが、卓の女装姿には見覚えがある。彼らはブラッディマッドのメンバーのみならず、周囲にわざと盗撮させたのだろう。清和の浮気に氷川が焦って自分から帰ってくるように。

「素晴らしい」

「藤堂さん、この清和くんによく似た男を知っていますね？」

「京子さんが伊豆から連れてきた桂木生馬ですね」

やはり、藤堂は清和によく似た生馬の存在を知っていた。おそらく、凜々《りり》しい外見から連想できない生馬の性格も摑《つか》んでいるだろう。このどん底の不景気に芸術品のようなチョコレートの城という生馬の発想が空回っている。

「やっぱり知っていたんだ」

「京子さんの執念には驚かされました」

京子も捜そうとして捜しだしたわけではないが、怨念《おんねん》じみた恨みが生馬を引き寄せたのかもしれない。

「僕もだけど……それだけ清和くんを愛していたんだと思う……」

「姐さん、二代目を愛しているなら片時も離れてはいけない。祐の策にかかったふりをしてお帰りなさい。時間が経《た》てば経つほど、帰りづらくなる」

藤堂自身、何かを後悔しているのか、切ないまでの悲哀が発散された。

「藤堂さんなら、僕をそばに置いておくメリットがわかるでしょう。どうしてそんなに僕を帰らせようとする？」

氷川が怪訝《けげん》な目で藤堂を見つめた時、体格のいい構成員が真っ赤な顔で飛び込んできた。

「組長、来ました。いったい何人いるのかわかりません」

祐の仕掛けた罠《わな》に氷川が引っかからないから、痺《しび》れを切らした清和が乗り込んできたのだろう。

待ってました、とばかりに桐嶋はスルメを噛んだまま立ち上がった。

「やっと眞鍋が来よったか」

「いえ、サツです」

体格のいい構成員が招かれざる客を口にした時、エレベーターの扉が開き、警察のキャリアである正道《まさみち》が現れた。周りには制服姿の警察官とともに袴《はかますがた》姿の屈強な男たちが何人も控えている。階段からも袴姿の大男が団体で現れた。

「べっぴんさん、見逃してぇな。俺がギョーザ付きの半チャンラーメン食い逃げしたんは十年前のことやんか」

桐嶋が屈託のない笑顔で話しかけたが、正道は周囲を凍らせるような冷酷な表情で無視した。

「次期宗主、お迎えに参上しました。大会には戻ってくれると信じていましたが……」

正道は高徳護国《たかとくごこく》流派の有力門人であり、宗主夫妻だけでなく長老たちからの信頼も厚い。鬼神と称えられたリキに次ぐ実力の持ち主であり、出て行ったまま帰ってこない晴信を連れ戻すには最適な人物だ。警察キャリアとしてではなく、プライベートで桐嶋組に乗り込んできたのだろう。

「……あ？　アニキ？　アニキを連れに来よったんか？　アニキは……寝とうで？」

いつの間にか、晴信は石川県産の山廃純米の一升瓶を抱えたまま眠っていた。狸《たぬき》寝入《ねい》りではない。

高徳護国流の門人でもある警察官たちは、なんとも言いがたい目で晴信を見つめた。

「姐さん、一服盛りましたね」

藤堂に静かな声音で指摘され、氷川は堂々と胸を張った。

「同じ手に引っかかるなんて晴信くんも意外と可愛《かわい》い」

あまりにも晴信が桐嶋組に溶け込んでいるので、氷川の警戒心はピークに達した。ただ、リキとはまたタイプの違う頑固一徹な晴信を説得することは断念した。晴信の気が緩む時を虎視眈々《こしたんたん》と見計らい、さりげない仕種で睡眠薬を晴信のグラスに入れたのだ。前にも同じ手で晴信を問答無用で眠らせて、正道に引き渡したことがある。

「さすが、姐さん」

藤堂は氷川の早業を手放しで褒《ほ》め、桐嶋は惚《とぼ》けた顔で感嘆の息を漏らした。

「俺は全然、気づかへんかった」

正道は氷の人形の如《ごと》き風情で安らかな寝息を立てている晴信を見下ろした。顔立ちは怜《れい》悧《り》に整っているが、血の通っていない氷の人形のような雰囲気がある。リキを諦《あきら》めようとしても諦めきれずに苦しんでいる男には見えない。

「正道くん、晴信くんを貸してくれてありがとう。おかげさまで助かりました」

氷川は謝礼を口にしたが、正道からの返答はなく、傍らに控えていた制服姿の警察官に向かって軽く手を上げた。

その合図により、警察官は眠りこけている晴信の手に手錠をかける。カチャリ、という無情な音が辺りに響き渡った。

「正道くん、ひどい。晴信くんは犯罪者じゃありません。手錠なんてかけないでください」

まるで犯罪者のような晴信の扱いに、氷川は悲痛な面持ちを浮かべたが、正道は平然としている。

「次期宗主を逃がさないためです」

手錠をはめられた晴信は高徳護国流の屈強な門人たちによって運ばれる。

晴信の立場を知っているから、桐嶋は止めようとはしないが、氷川は桐嶋組の今後を考えて難色を示した。

「……うっ……みんなで見張っていればいいでしょう。晴信くんへの手錠は人権侵害、えっと違法行為に当たるのでは？」

「ヤクザの情婦に意見する資格はない」

正道は冷徹な目で言い切ると、氷川に背を向けた。そのまま悠然とエレベーターに乗り込み、門人たちに抱えられた晴信と一緒に去る。

台風に襲われたような錯覚に陥《おちい》った。

「……正道くん、相変わらずだね」

氷川が大きな息をつくと、藤堂はシニカルに口元を緩めた。

「向こうも姐さんに対して同じことを思っているでしょう」

「藤堂さんにそんなことを言われる筋合いはない……ううん、こんなことを言っている場合じゃない。これで桐嶋組を守っていた大黒柱がいなくなりました。これからは桐嶋さんがひとりで守っていかなければなりません……が、どう考えても桐嶋さんはいろいろとルーズなので、奥さんがフォローするように」

氷川は感情をたっぷりこめて藤堂の手を握り締めた。

「桐嶋組で俺にできることはありません」

「だから、桐嶋組の仕事じゃない。藤堂さんは桐嶋さんの奥さんです。僕が花嫁修業を受け持つから覚悟してください」

「ご辞退申し上げる」

藤堂は睡魔に襲われているらしく、気怠《けだる》そうな色気を漂わせていた。ウラジーミルや奏多が血迷ってもおかしくはない。

「逃がしません。もうそろそろ朝ですね？　まず、朝食を作りましょう」

氷川は藤堂の腕を掴み、キッチンに連れていった。イジオットのマシンガンの被害は大きいが、コンロや流し台は無事だ。おそらく、きちんと的を定めてマシンガンを発射したのだろう。

「さぁ、まず、日本人ならお味噌汁《みそしる》とご飯……だけど、ご飯を炊いている時間はないし、ずっと飲んだり食べたりしていたからお腹《なか》がいっぱいだよね。ビタミンとミネラルが不足していることは確かだから、野菜サラダとお味噌汁を作ろう」

氷川は冷蔵庫の中を見渡し、朝食の献立を決めた。国産の豚肉や鶏肉がやけに目につく。何種類ものチーズやスモークサーモンは藤堂の嗜好品《しこうひん》だろう。桐嶋が藤堂のためにせっせと好物を取り寄せたのだ。

氷川はニンジンとタマネギを野菜室から取りだして洗った。

「藤堂さん、そっちでニンジンとタマネギを切って」

氷川はまな板にニンジンとタマネギと包丁を置き、伏し目がちな藤堂を立たせた。桐嶋は心配そうにカウンターから見守っている。

「藤堂さん、何をしているの？」

藤堂はまな板に載せたニンジンとタマネギを一心不乱に見つめているだけだ。包丁を握ろうともしない。

「……はい」

ようやく藤堂から声が上がったので、氷川は鍋《なべ》で湯を沸かしながら急《せ》かした。

「お味噌汁に入れるニンジンを切ってください」

「はい」

藤堂が右手で包丁を握り、左手でニンジンを高く持ち上げた。彼の周りには緊迫した空気が張り詰めている。

いったい藤堂は何をしているのか、氷川は横目で見ながら鰹節《かつおぶし》で出汁《だし》をとった。

が、次の瞬間、氷川は我が目を疑った。

藤堂がニンジンを縦にして切ろうとしたからだ。げろげろげろろろろろっぅ、と桐嶋から両生類の断末魔のような声が漏れてくる。

「藤堂さん、どうしてそんな切り方をするの？」

氷川が慌てて止めると、藤堂は怪訝そうに聞き返してきた。

「どのように切ればよろしいのでしょう？」

「お味噌汁に入れるから……藤堂さん、料理したことないんだね？」

藤堂に任せられるのはワインの選択とワインの栓抜き、チーズ切りとレーズンバター切り、それぐらいなのだろう。氷川は桐嶋が叫んでいた理由がよくわかった。

「はい」

「料理ができない新妻が許されるのは三ヵ月までです。それに許してもらえるのは若くて綺麗《きれい》な新妻に限ります。味噌汁ぐらい作れるようになりましょう」

氷川は料理の腕のまずさが原因で離婚した女性看護師も、結婚が決まらない女性看護師も知っている。料理が美味《おい》しい妻の夫は浮気しないし、浮気しても戻ってくる、という説も聞いていた。

「…………」

「藤堂さん、ニンジンの切り方をレクチャーします。決まりはありませんが、要はお椀《わん》に入るようなサイズに切ればいいんです」

藤堂さん、逃がさないよ、と氷川は使命感に燃えた目で藤堂を捉《とら》えた。

無理や、そいつには絶対に無理や、ピアノは弾けても料理はでけへん、とカウンターにいる桐嶋は頭を抱えている。

藤堂に包丁を持たせたのは間違いだったのかもしれない。藤堂はニンジンを切らずに自分の指を切った。

悲鳴を上げたのは、血を流した藤堂ではなく氷川と桐嶋だ。

「……指を詰めて二代目に差し上げろ、ということなのでしょうか」

藤堂は血がだらだらと流れる自分の指を見て、呟《つぶや》くようにポツリと言った。桐嶋が藤堂をキッチンから連れだしたのは言うまでもない。

藤堂の新妻への道は険しくて遠い。フリルのついた白いエプロンは、藤堂ではなくて桐嶋のものだ。

朝食後、藤堂はとうとう睡魔に耐えられず、ソファで寝息を立て始めた。桐嶋は欠伸《あくび》をしつつ、藤堂の寝顔を眺めている。

なんでも、藤堂を強引に連れて帰ってきてから、桐嶋と晴信が交代で寝ずに見張っていたという。

氷川は藤堂と同じようにソファで仮眠を取った。

熟睡したのか、少し寝たら氷川はすっきりする。藤堂はまだ怠そうだが、濃いめのコーヒーを二杯飲むと覚醒《かくせい》したようだ。

「藤堂さん、料理の腕がいらない料理がある。食材を買いに行こう」

今日、氷川は久しぶりに与えられたなんの予定もない休日だ。こうなったら、とことん藤堂の花嫁修業につき合う。

「姐さん、戻らなくていいのですか？」

さっさと帰れ、とストレートに言わないところが藤堂の性格を如実《にょじつ》に表している。

「僕が帰ったら藤堂さんを眞鍋のヒットマンが襲うかもしれない。僕が阻止《そし》する」

氷川が両腕に力を入れて言い切ると、藤堂はシニカルな笑みを浮かべた。

「二代目に同情します」

藤堂は眞鍋組のヒットマンを待っている気配さえあった。自分の命を大切にしていないことは明らかだ。

それゆえ、氷川の苛立《いらだ》ちが募る。

「藤堂さん、嫌みはいいから行くよ」

「嫌みではありませんが」

氷川は藤堂とふたりでスーパーマーケットまで歩いていくつもりだったが、この世の終わりに遭遇したかのような桐嶋に止められた。

「待たんか、そこの世間知らずの二乗、頼むからふたりで行かんでくれ。俺のヤワな心臓が止まってまう」

結果、桐嶋がハンドルを握る車で巨大なショッピングセンターに向かう。眞鍋組の車が追ってくるが、誰も話題にしようとはしなかった。ロシアン・マフィアのイジオットの関係者や暴走族のブラッディマッドの関係者の影はない。

ショッピングセンターでは氷川が藤堂に食材の説明をして、桐嶋がカートを押す。傍《はた》から見れば滑稽《こっけい》極まりない三人組だ。

仲睦《なかむつ》まじそうな老夫婦は不審人物を見るような目で眺め、赤ん坊を連れた若い夫婦は足を止め、試食販売の女性は炊き立てのマツタケご飯を手にしたまま固まる。好奇に満ちた数多の視線が食品売り場で浮いている三人組に注がれた。

「藤堂さん、あんまりワインばかり飲んじゃ駄目だ。ワインとチーズなんて偏りすぎ」

「はい」

「野菜を食べましょう。特に緑黄色野菜が必要です」

氷川は野菜売り場の一角にある有機野菜のコーナーで小松菜や春菊など、ありとあらゆる野菜をカートに入れた。

「海外からの輸入品には危険なポストハーベストが使われているから絶対に手を出さないこと」

有機野菜がなかったらせめて国産にしましょう、と氷川は果物売り場の前で力説した。ポストハーベストなどの農薬に関する安全説が信じられない。

「はい」

「お肉は控えよう。たんぱく質は大豆から摂《と》るのが一番いいんだけど、それじゃ桐嶋さんは物足りないだろうからお魚にしようね」

「はい」

「白いお魚より青いお魚のほうがDHAやEPAが含まれているからいいんだ。でも、お魚にまで合成食品添加物が使われてるから注意してください。アスパルテームとアナトー、って表示されていたらアウト」

ちょうどシメサバフェアが開催されていたので、氷川はシメサバをカートに入れた。これなら皿に盛り付けるだけだから、藤堂にもできるだろう。

食品売り場から出ると、氷川の目の前に仁俠《にんきょうえい》映画《が》の世界が広がった。いや、立っているだけで周囲を任侠色に染め上げる橘高《きったか》が現れたのだ。隣には仏頂面《ぶっちょうづら》の清和もおり、周りには凄《すさ》まじい空気が流れている。

橘高と清和の姿を見た途端、おまけ付きのキャラメルを抱えていた小さな女の子と棒のキャンデーを舐《な》めていた小さな男の子が泣きだした。ミニカーを握っている小さな男の子も母親に抱かれていた赤ん坊も火がついたように泣きだす。

「ふたりとも営業妨害」

こちらも滑稽な三人組だが、清和と橘高父子のように子供を泣かせてはいない。氷川がきつい目で咎《とが》めると、清和から凄絶《せいぜつ》な怒気が発散された。

「それを言うか？」

隣にいた桐嶋や藤堂も同じ気持ちらしく、困惑したような目で氷川を見つめた。橘高は泣きじゃくる子供たちから姿を消すように、安売りの値札が舞うトイレットペーパーの山の後ろに身を隠した。

滑稽なまでに涙ぐましい努力だが、幼子たちの泣き声は止まらない。

「清和くん、こんなところで何をしているの？」

氷川が綺麗な目で見上げると、清和の怒気はさらに増した。

「……おい」

「僕、藤堂さんの花嫁修業の指導で忙しいんだ。清和くんも女の子との浮気に忙しいんで

クリスマスマス
ホワイトロール
39X円

しょう？　新宿《しんじゅく》にある外資系高級ホテルのコーナースイートで浮気したんだよね？　ルームサービスでとってもお高いシャンパンのロゼととってもとってもお高い苺《いちご》のケーキを頼んだとか？　僕でも清和くんにそんなことをしてもらった覚えがない」

氷川は胸の前で腕を組み、清和を嫌みったらしい目で睨《にら》み据《す》えた。昨夜《ゆうべ》、自分に仕掛けられた罠が気にいらない。

「……っ」

一瞬にして清和から怒気が消え、常に身に纏《まと》っている眞鍋の昇《のぼ》り龍《りゅう》としての覇気も吹き飛んだ。

「……うん、清和くんが浮気したと思ったら、生馬くんと女装した卓くんだった。あんな姑息《こそく》な手に僕が引っかかると思ったの？」

一目で影武者の生馬くんだってわかったよ、卓くんの女装姿も覚えているよ、と氷川は腕を組んだまま刺々《とげとげ》しい声で続けた。

「…………」

「僕もナメられたものだね」

僕が清和くんを見間違えるはずないでしょう、と氷川は心の中で訴える。たとえ、清和によく似た男が千人集まっても、愛《いと》しい男を見つけだす自信があった。

「…………」

「ナメられたら終わり、って言うんだよね？」

氷川は清和のシャープな頬《ほお》を意味深に撫《な》で上《あ》げた。

「……俺は反対した」

氷川も清和の希望で遂行されたシナリオだとは思っていない。

「反対したのに、祐くんが決行したの？」

「ああ」

推測した通り、祐が清和の承諾を得ずに生馬と卓を動かしたようだ。卓を浮気相手に指名するところが祐らしい。

「どうして素直に迎えに来ないの？」

清和が側近たちを引き連れて乗り込んできたら、その場で藤堂や桐嶋と話し合わせる計画だった。一晩中、酒を酌《く》み交《か》わしながら包み隠さず語り合えば、藤堂に対する警戒心が薄れたかもしれない。何しろ、氷川はたった一晩で藤堂の印象が変わった。

「…………」

「僕を迎えに来るのがいやだった？」

どんなに待っても清和は来ず、ウラジーミル率いるイジオットや奏多率いるブラッディマッド、挙げ句の果てには警察官や高徳護国流の門人を従えた正道が乗り込んできた。どの団体のトップもいろいろな意味で強烈だった。

良な一般人だ。

「違う」

「じゃあ、どうして迎えに来なかったの？」

清和は悲愴感《ひそうかん》を漂わせながら押し黙っているが、周りから見れば氷川が脅《おど》されている善良な一般人だ。

「お客さん、どうされました？」

誰かが何か言ったのか、警備員がわらわらと駆け寄ってくる。氷川は慌てて清和や橘高、桐嶋や藤堂とともにショッピングセンターから出た。まったくもって清和相手ではおちおち外で文句も言えない。

桐嶋は過去を思い出したのか、藤堂の肩を楽しそうに抱いた。

「カズ、俺と歩いていてもサツに保護されることはなくなったな」

「当たり前だ」

藤堂は馬鹿《ばか》らしそうに目を細め、それまで無言だった橘高もニヤリと口元を緩める。

「藤堂を初めて見た時、これがヤクザかと驚いた。時代も変わったな、ってなぁ」

橘高は藤堂がタレントやホストに間違えられていた時代を知っている。藤堂は高名な映画監督にスカウトされたこともあった。

「面目ない」

「藤堂、久しぶりに会った兄貴分に挨拶《あいさつ》をせんか」

いくら極道を引退したといっても、橘高と藤堂はかつて兄弟《きょうだい》盃《さかずき》を交わしていた間柄だ。それも藤堂が橘高の名が欲しくて、清和を利用する形で兄弟分になった。

もし、藤堂が橘高の舎弟として極道界に飛び込んでいたら、もっと違う道が開かれていただろう。おそらく、藤堂は自身の才能を最高に発揮し、橘高は大きな度量で認め、手放しで称賛したはずだ。

「橘高顧問、ご無沙汰《ぶさた》しております」

藤堂は深々と橘高に頭を下げた。彼が橘高を心の底から尊敬していることは、氷川にもひしひしと伝わってくる。それなのに、どうして息子の清和と敵対したのか、氷川にしてみれば理解に苦しむところだ。

「日本に戻っているならさっさと挨拶に来い。そうすればうちのボンが嫁にいじめられずにすんだ」

橘高が指差した先では氷川の前で大きな身体《からだ》を小さくしている清和がいた。姉さん女房に絞られている亭主以外の何物でもない。

「俺の不徳のいたすところ、ご容赦ください」

「藤堂や、眠そうだな」

橘高は気怠そうな藤堂に気づき、苦笑を漏らした。

「昨夜は姐さんに眠らせてもらえませんでした」

疚《やま》しいことは何もないが、藤堂が情感たっぷりに言ったので、清和の雄々《おお》しい眉《まゆ》が大きく顰《ひそ》められる。

「夜通し、花札でもやったのかい？」

「そのほうが楽でした」

「……さて、こっちも腹を割って話し合いたいんだ」

橘高には胸襟を開いて語り合う余裕がある。藤堂も橘高相手ならば従順に従う。

「はい」

氷川に加えて橘高が仲介に入ったら、清和も無視するわけにはいかないのだろう。渋々といった風情で話し合いの場を設けた。

なんのことはない、桐嶋が桐嶋組のシマで経営しているお好み焼き屋だ。貸し切りの看板を掲げ、桐嶋が大きな鉄板でお好み焼きを焼いていく。

カウンターに座れば桐嶋の手際のよさに目を奪われるが、今はそんな場合ではない。昭和テイストの店内、橘高がおもむろに切りだした。

「藤堂や、お前は極道を引退したな?」

橘高が静かに語りかけると、藤堂は肯定するように深く頷いた。

「はい」

藤堂には極道としての自分に未練はない。しかし氷川も気づいている事実だが、眞鍋の男にとっては脅威の対象だ。

「どうやって生きていくつもりだ？」

「思案中です」

「はっきりしてくれないとうちのボンが落ち着かない」

藤堂の進退が明確になれば、風向きが変わるかもしれない。氷川は耳を澄ませて、藤堂の返答を待った。

「しばらくの間、ヨーロッパにいるつもりでしたが」

藤堂の言葉を遮るように、氷川と桐嶋は同時に言い放った。

「カズ、お前はうちのシマでこの店を手伝うんや。経理を任せてやる」

「藤堂さん、ヨーロッパには行かせません。ここで桐嶋さんのお嫁さんになるんです」

氷川と桐嶋の剣幕に橘高は喉《のど》の奥で笑い、藤堂は苦笑を漏らす。ただひとり、清和だけが苦虫を嚙み潰したような顔で、大きな鉄板で焼かれているお好み焼きを見つめていた。

「藤堂、神戸《こうべ》の速水孝彦《はやみたかひこ》さんを覚えているな？」

橘高は氷川と桐嶋の意見を無視し、いきなり、話題をガラリと変えた。

「このところ歳《とし》のせいか、記憶力が低下したのですが……」

藤堂は飄々《ひょうひょう》とした風情で流そうとしたが、氷川でも記憶に留《とど》めている人物を忘れているとは思えない。速水孝彦、という芦屋《あしや》の青年紳士は、眞鍋組の藤堂に関する項目に多く綴《つづ》られていた重要人物だ。

「幼馴染《おさなじ》みのお坊ちゃまを覚えているな？　その速水孝彦さんが俺に祠堂和仁《しどうかずひと》の救出を依頼してきた。深い縁のある会社の社長の仲立ちだから断れない」

俺は引き受けた、と橘高は有無を言わせぬ迫力で宣言した。

鬼のような形相《ぎょうそう》の清和から橘高に対する反感が発散される。これは橘高が藤堂の盾になったようなものだ。

「……孝彦、速水孝彦は思い違いをしたままですか？」

ようやく観念したのか、藤堂は幼馴染みの名前を口にした。速水孝彦は藤堂と同じ芦屋市の六麓荘《ろくろくそう》出身であり、名門私立の幼稚園から大学までずっと一緒だった。ふたりは兄弟のように育った。

当然、藤堂がいきなり家を飛びだし、桐嶋と上京したことに、速水は大きなショックを受けている。

速水は藤堂の母方の叔父《おじ》とともに東京にまで行った。必死になって藤堂を芦屋に連れ戻そうとしたのだ。

「藤堂が桐嶋元紀《もとき》という札付きのワルのカモにされて、家出をした挙げ句、とうとうヤクザになった。藤堂組がなくなったと思ったら桐嶋組ができた。桐嶋に今でも搾取《さくしゅ》されているんだろう、とな……速水さんはえらく心配している」

藤堂の母方の叔父にしろ速水にしろ、世間知らずの純真なご子息が桐嶋に騙《だま》されて、道を踏み外したとしか思っていない。

当初、藤堂についてはサメの調査でもそんな見解が述べられていた。

そもそも、藤堂と桐嶋の出会いのきっかけは恐喝である。名門私立高校生の藤堂から金を巻き上げようとして桐嶋が声をかけた。藤堂はいっさい動じず、寄付するように桐嶋に小遣いを渡したという。

氷川でさえ呆気《あっけ》に取られた桐嶋と藤堂のファーストコンタクトだ。

「速水孝彦の思い違いを訂正してください。腐っているのは俺の性根です」

「お前の性根が腐っているとは思えんがな？」

「買《か》い被《かぶ》りです。俺が自分自身の意思で家を出て、ヤクザになったと伝えてください」

藤堂は実父に生命保険金目当てに殺されかけたショックで家を出ている。清和が躍起になってあちこちに調査させても探りだせなかった真実だ。

知っていたのは殺されかかった藤堂と殺そうとした実父、すんでのところで子供殺しを止めた桐嶋である。

「その話、迎えに来た速水さんに話したことがあるな。速水さんは全然、信じていないぞ。お前は桐嶋にマインドコントロールされたままだ、と泣きながら言っていた」

マインドコントロール、という言葉にびっくりしたのは氷川だけではない。その場にいた誰もが目を瞠《みは》った。

「桐嶋元紀に俺をマインドコントロールするような知性はありません」

藤堂がシニカルに微笑《ほほえ》むと、思わず氷川も橋高とともに大きく頷いた。桐嶋に藤堂の心を支配する能力はないし、本人にそんな気はさらさらない。

「俺もそう思う。そう思うが……速水さんにとってお前は今でも純情で優しいお坊ちゃまだ。わかってやれよ」

藤堂の父親が経営する貿易会社の経営が不振に陥っていたなど、誰も知らなかった。藤堂が上京した後、親戚《しんせき》から思いがけない遺産が入ってきて、父親は自己破産せずにすんだし、今でも貿易会社を経営している。将来を嘱望されていた優秀な跡取り息子がいない以外、なんら変わっていないのだ。

芦屋の六麓荘に建つ祠堂家では、家出した跡取り息子の部屋が何年経ってもそのままの状態で残されている。

「地元の暴力団ではなく橋高顧問に依頼するとは、速水もきちんと調べて依頼したのですね」

芦屋の目と鼻の先、同じ兵庫県内の神戸には国内最大規模を誇る広域暴力団の長江《ながえ》組の本拠地があり、その勢力は凄まじく大きい。藤堂が指摘した通り、長江組関係者ではなく、橋高に依頼したのだから速水の着眼点はいい。

「以前、祠堂和仁救出の依頼で地元の暴力団関係者に三千万注《つ》ぎこんだそうだ。仁義を知らない極道が多くなった」

数年前、速水は知り合いの親戚の縁で、長江組系列の暴力団の構成員に一千万で藤堂の救出を依頼した。なんだかんだと注文がつけられ、最終的には合計で三千万、毟《むし》り取《と》られたという。

しかし、結果は何も変わらない。

藤堂に長江組系列の暴力団から連絡が入ることもなかった。

長江組系列の暴力団の構成員は最初から藤堂に連絡を入れるつもりはなく、ただ単に速水から金を巻き上げることに血道《ちみち》を上げたのだ。仁義と義理が化石と化した現代、いたるところに転がっている詐欺の一種である。

「速水がそこまで愚かだったとは知らなかった」

藤堂の速水に対する言葉は辛辣《しんらつ》だが、根底には竹馬《ちくば》の友への情が流れている。俺のことは忘れてくれ、と速水に向かって泣き叫んでいるような気がしないでもない。

「速水さんはずっと後悔していたようだ。家出するほど苦しんでいた幼馴染みの気持ちに気づいてやれなかった、となぁ」

藤堂は狂わんばかりに嘆く母親にも、東京まで迎えに来た叔父や速水にも、父親に殺されかけたという真実は告げていない。父親も我が子を手にかけようとしたことを誰にも明かしていない。

桐嶋が真実を語らなければ、氷川のみならず清和やサメも永遠に知らなかっただろう。藤堂は墓場まで抱えて行くつもりだったはずだ。

「速水が気に病むことではありません」

「一度、会ってじっくり話してやれ」

橋高は速水と直《じか》に会って、その性格をいたく気に入ったらしい。完全に速水の味方になっている。

「会う必要はないと思います」

「カタギとして生きていくつもりではないのか？」

「俺はもうカタギです」

「カタギならカタギとの縁を大切にしろ。この世《せ》知辛《ちがら》い世の中、そんなに大切に思ってくれる友はいない。それこそ、速水さんと一緒に貿易会社でも興したらいい」

桐嶋のお好み焼き屋やたこ焼き屋よりお前に合っているぜ、と橋高は藤堂の肩を叩《たた》きながら諭すように言った。

そういう手があると初めて知った。よく考えてみればそのほうがいいかもしれない。そう思い賛成しようとした瞬間、氷川の脳裏をウラジーミルと奏多の姿が交互に過《よぎ》った。

駄目だ、と氷川が青褪《あおざ》めた時、桐嶋が邪気のない笑顔でお好み焼きの蓋《ふた》を取った。湯気といい匂《にお》いが立ちこめる。

「美味しそう」

思わず、氷川が歓喜の声を上げると、桐嶋は嬉《うれ》しそうに焼き上がったお好み焼きに自家製のソースをかけた。青海苔《あおのり》や鰹節《かつおぶし》もふんだんにかけ、自家製マヨネーズで絵文字を書く。氷川の海老《えび》のお好み焼きにはハート付きの『清和LOVE』であり、清和の牛スジ入りのお好み焼きにはハート付きの『姐さんLOVE』だ。桐嶋らしいというか、なかなか手が込んでいる。

「熱々やから気をつけてぇな」

氷川は桐嶋特製のお好み焼きに箸《はし》を伸ばし、頬が落ちそうになった。以前、桐嶋の屋台で食べたお好み焼きも美味しかったが、その感動を上回るような旨味《うまみ》がある。

清和は仏頂面で無言だが、お好み焼きを口に運ぶスピードは速い。早速、桐嶋は清和のために二枚目のお好み焼きを焼き始めた。

橘高は自家製マヨネーズで『漢《おとこ》や』と書かれたお好み焼きを一口食べた後、箸を置いて桐嶋を褒め称えた。

「桐嶋、今まで食ったお好み焼きの中で一番美味《うま》い」

「ありがとうございます。牛スジのお好みは自信作でっせ」

桐嶋が固く握った右の拳《こぶし》を高く掲げると、橘高は何気なく切りだした。

「桐嶋、お前は藤堂にどうなってほしいんだ？」

「こいつはいいとこのお坊ちゃんや。どないに汚い沼に足を突っ込んでもお坊ちゃんのまなんや。元の世界に戻してやりたいが……ちょっと無理やな。せやけど、もう二度と危険なことはさせへん」

藤堂和真《かずま》を本名の祠堂和仁に戻してやりたい、というのは桐嶋の心の底から迸《ほとばし》る切ない願いだが、般若《はんにゃ》の刺青《いれずみ》を背負った藤堂にはどだい無理な話だ。たとえ、刺青を抜いたとしても、覚醒剤を取り扱っていた藤堂組の元組長の肩書までは簡単に消えない。

「そうだな」

橘高は桐嶋から藤堂に視線を向け、しみじみと尋ねた。

「藤堂、本音を言え。お前はどうしたい？」

「俺の気持ちを尊重してくれるのですか？」

藤堂は穏やかな声音で質問してから、自家製マヨネーズで『お坊ちゃま』と書かれた牡蠣《かき》のお好み焼きを口にした。

「ああ、俺にできることならなんでも協力する」

橘高は泥饅頭《どろまんじゅう》を食べるような顔でお好み焼きを咀嚼《そしゃく》している清和を完全に無視していた。どれだけ清和が藤堂に辛酸を嘗《な》めさせられたか知っているというのに。

「眞鍋組二代目組長を橘高顧問の手で始末してください。それが俺の一番見たい光景です」

　藤堂が深淵《しんえん》に沈めていた本心を吐露した途端、周りは凍りついた。氷川は口にしていた熱いはずのお好み焼きを冷たく感じた。清和は箸を握ったまま固まり、桐嶋はコテを手にしたまま硬直している。

　一瞬、沈黙が走り、鉄板でお好み焼きが焼ける音がやけに大きく響く。

　けれど、すぐに沈黙を橘高の豪快な笑い声が破る。作り笑いではなく、橘高は腹の底から笑っている。

「藤堂、それがお前の一番の願いか？」

「はい、橘高顧問は息子を裏切ってくれますか？」

「俺がそんなことをするわけないだろう」

　天と地がひっくり返っても、橘高が清和を裏切ることはない。血は繋《つな》がっていないが、橘高と清和には切っても切れない絆《きずな》がある。

「だからこそ、裏切っていただきたいのです。息子さんに父に殺される悲哀を体験してほしい」

　これはなんの不自由もなく育った良家の子息が、心の底から尊敬していた父親に殺されかけたトラウマなのだろうか。自身の悲惨な経験がなければ、こんなことは望まなかっただろう。

熱いお好み焼きに氷川の涙がポロリと落ちた。

「お前、やっぱり性根は腐っていないな」

橘高は頬をだらしなく緩ませ、藤堂の肩を勢いよく叩いた。

「そうですか？」

藤堂の態度はさして変わらないが、橘高の反応に心なしか驚いたようである。

「本当に性根が腐っている奴なら、さっさとうちのボンを殺している。もしくは、俺を殺している。お前にはいくらでもチャンスがあっただろう。お前の射撃の腕はプロ級だ」

氷川の背筋が凍りつくようなことを、橘高はなんでもないことのように軽く言った。賛同するように桐嶋もコクコクと頷く。

「橘高清和を一発で逝かせるなど、そんな楽な死に方はさせたくない」

申し合わせたわけではないだろうに、橘高と桐嶋は同時に同じ言葉を言い放った。甘い、と。

お前は思ったより甘い奴なんだな、と清和も心の中で藤堂に語りかけているような気がしないでもない。

氷川は修羅《しゅら》の世界で生きている男に、改めて驚かされた。

「俺が甘い……俺が甘かった。すべての原因は俺の甘さです」

藤堂も自身の甘さは認めているが、後悔している気配はない。

「ああ、お前は小汚いかもしれないが非情になりきれない。速水さんと一緒に貿易会社を興せ。それがいやなら、俺と一緒に貿易会社をやるかい？　貿易会社の社長はカタギのお前だ。上手《うま》くやってくれ」

俺も小さな子供を引き取ったからまっとうな仕事が必要になったんだ、と橘高は照れくさそうに頭を掻《か》いた。

いい提案だ、橘高さんとなら清和くんも文句はないよね、と氷川が目を輝かせたが、それまで無言だった清和が初めて口を開いた。

「藤堂、イジオットのウラジーミルとブラッディマッドの奏多、どういうことだ？」

藤堂が正規の会社を興しても、裏で闇組織《やみそしき》と手を組んで暗躍する可能性は高い。イジオットのウラジーミルとブラッディマッドの奏多がついていたらなおさらだ。いや、あのふたりがいたら平和な日々は送れないだろう。

きっと、藤堂の性格ならば清和を煽《あお》りそうな言葉しか口にしない。氷川は箸を握ったまま口を挟んだ。

「清和くん、ウラジーミルと奏多くんのことは心配しなくてもいい。そのうち、ウラジーミルと奏多くんがケンカするから」

間髪容《かんはつい》れず、桐嶋も勢いよくお好み焼きをひっくり返しながら言った。

「そや、あのふたりならそのうちやりおる。ロシア産の狂犬と日本産の狂犬が共食いする姿を見物できるわ。二枚の狂犬焼きの間に牛スジとネギと紅ショウガをようけ入れてソースで食ったら美味いかもしれん」

氷川と桐嶋の言葉でますます清和の疑念は深まったらしく、凛々しい眉に刻まれた皺《しわ》が深くなった。

「どういうことだ？」

ツンツン、と氷川は清和の眉間《みけん》の皺を人差し指でつついた。

「清和くん、ウラジーミルも奏多くんも藤堂さんが好きなの」

氷川はあっけらかんと明かしたが、清和の鋭い目は宙に浮いた。橘高も威厳の欠片《かけら》もない無残な顔を晒《さら》している。

「ウラジーミルも奏多くんも欲しいのは藤堂さん自身だから、清和くんが心配するようなことはないよ。安心してね」

氷川は花が咲いたように微笑んだが、清和は茫然自失《ぼうぜんじしつ》の木偶《でく》の坊《ぼう》と化したままだし、橘高も立ち直れない。

「藤堂さん、罪な男なんだよ」

氷川が茶化したように言うと、桐嶋も懐《なつ》かしそうに過去を語りだした。

「眞鍋の、カズの若い頃の話や。俺がどれだけカズを狙《ねら》っていたホモを蹴散らしてきたか聞いてくれるか？　普通にゴロツキ相手にケンカするほうが何倍も楽やで？　たぶん、姐さんを狙うホモとカズを狙うホモはちゃうんやろな。むっちゃしつこいのはカズを狙うタイプのホモやと思うんや」

清和の返事はなかったが、桐嶋はまったく気にせず、在りし日の藤堂について滔々《とうとう》と語りだした。

こうなれば、桐嶋の独壇場だ。

清和と橘高はそれぞれ箸を虚《うつ》ろな目で握り、深窓の姫を守る騎士の如き桐嶋の奮闘を聞いていた。

6

桐嶋《きりしま》のことだから多少の脚色はあったかもしれないが、藤堂《とうどう》の過去は清和《せいわ》の戦意を喪失させるものであった。

僕でもそんな目には遭わなかった、と氷川《ひかわ》は今さらながらに自分の過去を思い出す。中性的な容姿で同性に言い寄られることは少なくはなかったが、所詮《しょせん》、氷川は女性の代わりにしかすぎなかった。それぞれ決まった女性ができると、氷川から離れていった。今、彼らがどうしているのか、氷川にはなんの興味もない。

桐嶋の興奮のボルテージが上がると、清和の顔の強張《こわば》りはますますひどくなる。橘高《きったか》は未知の世界で迷子になっているような有り様だ。ただひとり、藤堂だけが涼しい顔で牡蠣《かき》のお好み焼きをつまみにイタリア・ピエモンテ産の赤ワインを飲んでいる。

「清和くん、大丈夫?」

桐嶋の熱のこもった藤堂の思い出話は、清和の許容量を遥《はる》かに超えている。氷川は宥《なだ》めるように清和の背中を優しく摩《さす》った。

「……桐嶋組長、今日はこれまでだ」

これ以上、聞いていられないと、清和はとうとう白旗を掲げた。桐嶋の勝ち誇ったようなガッツポーズに氷川は目を丸くする。

「ふっはははははははは～っ、初めて眞鍋《まなべ》の二代目に勝ったような気がする。これからいくらでもカズのホモ話を聞かせてやんで。ホモにモテたカズの話はネタ切れせえへんでぇ～っ。男の姐《あね》さんもろた眞鍋の男前がホモ話に弱いなんて意外すぎておもろいわ～っ」

桐嶋の豪快な笑い声に氷川は相好を崩したが、清和の顔色は土色と化した。普段、清和は感情が顔に出ないから本当に珍しい。

お好み焼き屋を出ると、氷川は問答無用で清和に抱き上げられて、リンカーンの最新型に乗せられた。

そのまま桐嶋組のシマから眞鍋組のシマにある眞鍋第三ビルに直行だ。護衛についているのは、常に清和に影のように従うリキ、サメやイワシといった諜報部隊《ちょうほうぶたい》の面々である。

地下の駐車場では参謀の祐《たすく》など、清和の側近たちがズラリと待ち構えていた。一瞬、あまりの迫力に氷川は怯《ひる》んだが、リンカーンから降りないわけにはいかない。

祐は皮肉も飛ばさずに頭を下げたが、ショウや卓《すぐる》といった若手の構成員は真っ赤な目でその場にへたり込んだ。

「……もう、姐さん、姐さんはどうしてそんなに俺たちをいたぶるんスか？　ブラッディマッドのリンチよりひどいっスよ」

ショウがわざとらしく洟《はな》を啜《すす》ると、卓は氷枕を額に当てたまま涙声で言った。

「姐さん、どうして姐さんは俺たちの安眠を妨害するんですか？　健康健康ってうるさい姐さんが、どうして率先して俺たちの健康被害の大本になるんですか？　姐さんに比べたら例の石油系食品添加物なんて可愛《かわい》いものです」

昨夜《ゆうべ》、氷川が桐嶋組総本部から帰らなかったので、眞鍋組の構成員たちは抗争中となんら変わらない恐慌事態に陥《おちい》ったようだ。いや、闇組織《やみそしき》相手の抗争ならば、こんな弱音は誰も吐かない。どこにどう動くか予想できない氷川の暴走のせいで寿命を縮めたのだ。

摩訶不思議《まかふしぎ》の冠を被《かぶ》る信司《しんじ》は、ロシアの代表的なマスコットのぬいぐるみを抱え、嗚咽《おえつ》を漏らしていた。

「……姐さん……姐さん、ひどい……桐嶋組の姐さんになっちゃったのかと思った……姐さん……ひでぇよ……姐さんが帰るのは桐嶋組じゃなくて眞鍋組でしょう……いくら桐嶋組長のちんちんが大きいからって桐嶋組総本部に帰っちゃ駄目だよ……あんなの単にデカいだけじゃないか……うちの二代目のちんちんだってきっと立派だよう……姐さんのために二代目のちんちんは頑張るよう……姐さんは二代目のおちんちんと心中する気でお嫁に来たんでしょう……」

言い返したいことは山ほどあるが、相手が信司では骨折り損のくたびれ儲《もう》けになる。氷川は信司の涙の文句を無視した。

まず、真っ先に責めるのは身体《からだ》を張った卓だ。

「卓くん、すっごく似合っていたのにもう女装しないの？　素敵な生馬《いくま》くんとお似合いのカップルだったよ。とってもお高いシャンパンとおっても高い苺《いちご》のケーキは美味《おい》しかった？」

氷川が祐の仕掛けた罠《わな》を皮肉たっぷりに口にすると、清和の影武者と一緒に高級ホテルに一泊した卓は氷枕で顔を隠した。

「……うっ」

氷川は卓の顔を覆い隠す氷枕を指でわざとらしく突いた。

「卓くん、これからずっとワンピースで通したら？　卓くんの女の子姿は可愛いから清和くんも認めてくれるよ。僕も推してあげる」

「……うううううううううう」

卓の苦悩を祐は平然と眺めているので、氷川は頬《ほお》を引《ひ》き攣《つ》らせた。次に責めるのはシナリオの執筆者だ。

「祐くん、ああいう姑息《こそく》な手段はどうかと思う」

氷川が横目で睨《にら》むと、祐は事務的に言った。

「姐さんに文句を言われる筋合いはありません。どうして姐さんは俺たちの寿命を縮めることにお励みになるのか、その理由を明確にしていただきたい」

「なんて嫌みっぽい」

「姐さん、ウラジーミルが桐嶋組総本部に突入した時、我らが殿はバズーカ砲を用いた総攻撃の命令を出しました。どれだけ大変だったと思いますか？」

祐は頭に血が上った清和を鎮めることにも苦労したらしい。並々ならぬ鬱憤《うっぷん》と恨みが溜《た》まっている。

「清和くんがバズーカ砲？　清和くんはそんなものを持っているの？」

氷川が仰天してよろめきそうになると、傍《かたわ》らにいた清和が仏頂面《ぶっちょうづら》で支えた。昨夜、氷川が帰らないから、だいぶ清和は荒れたらしい。

ショウや宇治《うじ》、卓の精神的な消耗の一因は清和の嵐《あらし》だろう。

「この世は金さえ出せばなんでも手に入ります。どんなに大金を積んでも手に入らないのは、眞鍋の姐さんの姐さんたる自覚かもしれません」

「祐くん、そんな嫌みを言うのに必死にならなくてもいいよ」

また喉《のど》を痛めるよ、と氷川は体力もなければ喉も弱い祐に指摘した。

「姐さんは俺たちを苦しめる努力をしないでください」

氷川は清和相手ならば口の勝負に勝つ自信があるが、祐相手だったならばなかなか勝敗は決まらない。

「誰も苦しめているつもりはありません」

「姐さん、これ以上、俺たちを振り回さないでください」

祐が感情を込めて言うと、周りにいた清和の舎弟たちはいっせいに腰を折った。昨日は誰も一睡もできなかったらしい。

渋面《じゅうめん》の清和に肩を抱かれて、氷川はエレベーターに乗り込む。ノンストップでふたりで暮らしているフロアへ。

リビングルームは昨日の朝、氷川が出かけた時のままの状態だ。清和は氷川のいない部屋に帰らなかったらしい。

「清和くん、ずっと黙ったままだけど、どうしたの？」

氷川が怪訝《けげん》な目で見上げると、清和は非難の声を上げた。

「……おい」

「僕もちょっとは悪かったかもしれないけど、頑固な清和くんもちょっとは悪いよ……うん、清和くんのほうが悪い」

心配させたのはよくわかっているし、申し訳ないけれども、僕だけが一方的に悪いんじゃない、と氷川は堂々と胸を張った。

「いい加減にしろ」

清和に凄絶《せいぜつ》な怒気が漲《みなぎ》ったが、氷川は強引に話題を変えた。

「それより、そんなに藤堂さんの話にびっくりしたの？」

瞬《また》く間《ま》に清和から怒気が四方八方に飛んでいく。

「……当たり前だ」

清和は未《いま》だに信じられないらしく、周りの空気がどんよりと重い。藤堂も他人の話のように飄々《ひょうひょう》としていたから余計に信憑性《しんぴょうせい》がないのだろう。もっとも、サメの調査である程度、摑《つか》んでいるはずだ。

「僕もびっくりしたけど、藤堂さんが男にモテるのはわかるような気がする。とりあえず、清和くんは静観すること」

今の状態で清和が下手《へた》に動いたら、ウラジーミルや奏多《かなた》まで敵に回す可能性が高い。しばらくの間は藤堂を取り巻く時流を見極めることが賢明だ。

「………」

「橘高さんが藤堂さんについたからもう駄目だよ」

氷川がぴしゃりと言うと、清和の目が思い切り曇った。もうさんざん橘高と言い争ったはずだ。

「僕も藤堂さんの盾になる」

単純かもしれないが、氷川の中ですでに藤堂は悲しい男になっていた。彼には悲運がついて回っているのかもしれない。

「………」

「清和くん、これ以上、カタギの藤堂さんと戦っちゃ駄目」

氷川はどんなに過去の恨みで奮い立たせようとしても、今の藤堂を憎むことはできないし、警戒心を抱くこともできないのだ。桐嶋の横にいる藤堂は、世間知らずで流されやすい良家のご子息以外の何物でもない。

「……………」

清和の反応から側近たちの意思に気づき、氷川は黒目がちな目を輝かせた。

「ひょっとしたら、祐くんやリキくんも藤堂さんとの共存を考えだした？」

祐やリキが本気で藤堂を始末する気ならば、もっと早く手を打っていたはずだ。昨夜、桐嶋組総本部に乗り込んだ氷川のことも、あの手この手で連れ戻しに来ただろう。

「……………」

図星だったのか、清和の周りの空気がざわざわとざわめく。清和は藤堂を見逃そうとしている腹心たちに苛立《いらだ》っているようだ。

「祐くんやリキくんが藤堂さんを許そうとしているのに、清和くんが怒ったままなの？」

「……………」

「清和くん、僕に嘘《うそ》をついても無駄だよ」

なんとなくだが、氷川は清和が嘘をつくとわかった。それは折に触れ、清和にも言っている。

「……いつか、必ず、藤堂は立つ」

俺の前に立ちはだかる、と清和の鋭敏な目は闘志を燃やしている。藤堂ならば周到な準備を整えてから清和に再戦を挑むだろう。

「その時になったらまた風向きは変わっているよ。今回、藤堂さんが帰国した理由もプライベートだったんだし」

藤堂が明言した通り、帰国の理由は桐嶋の安全確保である。その目的以外、藤堂は動いてはいない。

「…………」

「……うん？　ウラジーミルのことで怒っているの？　ウラジーミルは日本で荒稼ぎしたみたいだけど、それはべつに藤堂さんが指導したわけじゃないんだし……」

藤堂の口から漏れるイジオットは、日本の暴力団が子供の集団に思えるような組織だ。いくらプライベートといっても、ボスの息子であり幹部というウラジーミルの立場上、日本で遊《あそ》び惚《ほう》けるわけにはいかない。何より、予定より日本滞在の期間が長引いた。ウラジーミルは百億円という日本土産《みやげ》がなければロシアには帰国できなかったのだろう。

「藤堂が裏で糸を引いていたんだろう」

「僕はそう思わないけど？」

藤堂が日本攻略の策を授けなくても、ウラジーミルやニコライならば巧妙に仕組めたはずだ。いろいろな意味で平和ボケした日本人など、ウラジーミルやニコライにしてみれば敵ではない。

「……百億だぞ」

清和はウラジーミルが日本で日本人から吸い上げた百億円という額が、甚《はなは》だ面白くない。

「うん、すごいね。日本のどこに百億円なんてお金が眠っていたんだろう」

お約束のように各方面から日本沈没説が聞こえてくるのに、どこに百億円という大金があったのか不思議でならない。

「……おい」

氷川と清和の間には深い川が流れている。ふたりは心の底から愛し合っているが、根本的に考え方が違うのかもしれない。

「百億もあれば老朽化した橋とか、高速とか、下水道とか、直せるよね」

氷川の話が老朽化が著《いちじる》しい日本のインフラ設備に飛ぶと、清和はついていけなくなったのか口を真一文字に結んだ。

こうなったら氷川の勝ちだ。

「たくさんの人が血を流した。これ以上、血を流しちゃ駄目だ」

橘高も本来ならばまだ安静にしていなければならないはずだが、清和と藤堂の間を取り持つために無理を押して出てきたのだろう。

手打ちだ、と橘高は有無を言わせぬ迫力で清和と藤堂に盃《さかずき》を交わさせた。その盃の意味をよく知る桐嶋の目は潤んでいたものだ。

「……………」

今さら清和がジタバタしても仕方がないが、割り切れないものがあるのだろう。氷川が藤堂の肩を持つからなおさらだ。

「いいね？」

清和くんは僕のお願いを聞いてくれるね、と氷川は艶《つや》っぽく囁《ささや》きながら、清和の首に腕を回した。

そして、清和の唇に優しいキスを落とす。

清和から藤堂に対する殺気が消えている。氷川は嬉《うれ》しくなって、清和の頬や額にも音を立てて吸いついた。

「桐嶋さんとクリスマスパーティの計画を立てたんだ。今年のクリスマスパーティは合同で華やかにするよ」

氷川は清和の広い胸に頬を寄せ、スリスリと甘えるように擂《す》り寄《よ》せる。

「……桐嶋組長と？」

「うん、ワイン選びは桐嶋さんのお嫁さんに頼もう」

共存の意を示すためのクリスマスパーティに、肝心の藤堂がいなければ話にならない。今の桐嶋ならば絶対に藤堂を逃がしたりせず、清和や眞鍋組の面々の前に連れてくるだろう。

「……っ」

清和はクリスマスパーティはともかく、藤堂は未だに受け入れられない。まして、桐嶋の姐、という言葉も。

「さっき、藤堂さんはお好み焼きでもワインを飲んでいたけど、お好み焼きとワインって合うのかな？」

昨夜、桐嶋や晴信《はるのぶ》はワインのみならず日本酒や焼酎《しょうちゅう》など、いろいろな種類のアルコールを飲んでいたが、藤堂は最初から最後までワインだ。それも桐嶋や晴信のようにガブ飲みせず、少しずつ上品に飲んでいた。

「………」

「クリスマスだからワインじゃなくてシャンパンだね。すっごく楽しみ。僕は今までこんなにクリスマスを心待ちにしたことはない。当直じゃないから安心して」

去年のクリスマスも一昨年《おととし》のクリスマスも、氷川はずっと仕事だった。医師になるまでは詰め込み式の勉強に励み、医師になってからは仕事一筋の毎日だ。

「………」

「特別サービスでクリスマスにはお肉も用意するから楽しみにしていてね。ステーキも僕が焼いてあげる」

桐嶋さんのほうがお肉を焼くのは上手いかな、と氷川は色気混じりの微笑を漏らした。ワクワクしてもうたまらない。

「…………」

「ほら、みんなで輪になってプレゼント交換をするのも楽しいかもね」

氷川の妄想が炸裂《さくれつ》し、清和の周りに白い花を撒《ま》き散《ち》らす。

「…………」

わざわざ清和から危険な荒波を立てることはない。そのうち、きっと新しい局面が見えてくる。氷川は清和が宿敵と目していた藤堂と手を取り合うことを願った。いや、もう争わなければそれでいい。

「清和くん、抱いていいよ」

仕上げとばかり、氷川は身体で清和を落とそうとした。連日、清和に身体を差しだしているが、不思議なくらい疲労は溜まっていない。

「…………」

「抱きたくないの？」

氷川は艶麗《えんれい》に微笑《ほほえ》みつつ、清和のネクタイを引き抜いた。死に物狂いで葛藤《かっとう》と戦ってい

る清和が手に取るようにわかる。

「…………」

「抱いて」

氷川は清和のシャツのボタンを外し、現れたその逞《たくま》しい胸に顔を埋《うず》めた。

「…………」

「昨日、清和くんがいないから寂しかった」

次から次へとめまぐるしかった昨夜は、寂寥感《せきりょうかん》に浸る間もなかったが、清和不在は氷川の心に大きな影を落とす。いつから自分がこんなに弱くなったのか定かではないが、氷川は清和がいなければ生きてはいけない。

「……誰のせいだと」

氷川は清和の体温が一気に上がったことに気づく。

「うん？　清和くん、迎えに来てくれるとばかり思っていたから」

「…………」

「優しく抱いて」

とうとう堪《こら》えきれなくなったのか、ようやく清和は氷川のほっそりとした身体に伸《の》しかかってきた。

どんなに抗《あらが》っても、清和は氷川の甘い猛攻には勝てないのだ。

7

イジオットのウラジーミルはおとなしくロシアに帰国したし、ブラッディマッドの奏多《かなた》は眞鍋《まなべ》組には乗り込んでこないし、桐嶋《きりしま》組に対しても不審な動きはしない。氷川《ひかわ》が乗る車の前にそれらしいバイクの集団が現れたことは一度もなかった。どうやら、藤堂《とうどう》が奏多を上手《うま》く抑え込んだらしい。

ついに決戦の日、氷川は張り切って桐嶋と一緒にクリスマスパーティの準備をした。桐嶋の監視の目が厳しくて観念したのか、藤堂もクリスマスパーティの会場となったお好み焼き屋でシャンパンとワインを並べている。

小田原《おだわら》から千晶《ちあき》と千鳥《ちどり》が小田原土産《みやげ》持参でやってきて、生馬《いくま》が作ったチョコレートのクリスマスケーキに涎《よだれ》を垂らしている。

「すげぇ、こんなチョコのケーキを見たの初めて。お兄さん、すごいね」

チョコレートのケーキといっても、生馬が作ったのだからただのチョコレートケーキではない。何を思ったのか不明だが、ロシアのクレムリン宮殿をモチーフにしたチョコレートケーキだ。その芸術品のような見栄《みば》えだけでなく、卵やバター、粉に至るまで使用している材料にも拘《こだわ》りまくっていた。

「千晶くん、褒《ほ》めてくれてありがとう」

清和とよく似た面差しの美丈夫が、白い調理服を着ている違和感は凄《すさ》まじい。だが、氷川を筆頭に誰も口にはしなかった。あまりにも生馬と清和の性格が違いすぎて、指摘することが憚《はばか》られたのだろう。言うまでもなく、千晶には指摘する頭はない。

「すごいよ、すごいよ、この塔の部分もチョコ？」

「その塔の部分はマカロンだ」

「マカロン？　セクシーキャットのバリィちゃんが好きなお菓子だね」

あえて氷川は千晶と生馬の会話に参加しない。

昭和の匂《にお》いが漂うお好み焼き屋は、摩訶不思議《まかふしぎ》の冠を被《かぶ》る信司《しんじ》の活躍により、クリスマスムードが溢《あふ》れる店内になっていた。

「姐《あね》さん、セクシーサンタのコスプレをしてください」

サンタクロースに扮《ふん》した信司から渡されたコスプレ衣装に、氷川は仰天してクリスマスツリーにぶつかりそうになってしまう。

「……し、信司くん、いくらなんでも僕にこの衣装は」

氷川のために用意されたセクシーサンタの衣装は、上着はともかくとして下は申し訳程度にしか布がないミニスカートだ。これでは少し動いただけで下着が見えてしまう。

「姐さんにはセクシーサンタが似合います。二代目が喜ぶと思うので着てあげてください」

セクシーサンタの衣装には際《きわ》どい下着もついていたが、どんなに懇願されても氷川にそれを穿《は》く勇気はない。

「信司くん、僕も普通のサンタがいい」

「普通のサンタは俺や桐嶋組長がいるから、もういいです」

信司には確固たる美学があって、氷川にセクシーサンタを割り当てた。

「ううん、僕も普通のサンタ。なんなら、トナカイをやる」

氷川は信司の美学が理解できないし、理解したいとも思わない。

「姐さんがトナカイなら二代目はソリのコスプレですか？」

「うん、それでいいかもね」

氷川は信司と真っ向から戦い、勝利をもぎ取った。セクシーサンタはショウか卓《すぐる》に押しつける予定だ。

「おっしゃ、いつでもええで」

桐嶋が最高の余興の仕込みを終えた頃、清和と藤堂の手打ちを支持しているのか、ホストクラブ・ジュリアスのオーナーが、カサブランカの花束と最高級のシャンパンを持って現れた。背後には無理やり連れてきたナンバーワンホストの京介《きょうすけ》がいる。

「ああ、麗《うるわ》しの白百合《しらゆり》よ。今宵《こよい》はお招きありがとうございます」

オーナーは古式ゆかしく姫に接する騎士のように床に右膝《みぎひざ》をついて、氷川に純白のカサブランカの花束を差しだした。

氷川に花を拒む理由はない。

「オーナーも忙しいのにごめんね」

もし、清和と藤堂が揉《も》めたら、上手く鎮めてくれる者が欲しかった。思案の末、白羽の矢を立てたのはジュリアスのオーナーだ。彼は橘高に恩があり、よほどのことがない限り、眞鍋組に協力してくれるし、かつての藤堂をホストにスカウトした過去も持つ。清和にしろ藤堂にしろ、生き馬の目を抜く業界でしたたかに泳ぎ続けているオーナーには一目置いていた。

「麗しの白百合に呼ばれたら、いつ何時でも駆けつけます。俺は麗しの白百合の忠実な騎士です」

どんな気障《きざ》なポーズでもオーナーがすると滑稽《こっけい》にならないから不思議だ。千晶と千鳥は幻の珍獣を見るような目つきで眺めている。

京介はポーカーフェイスでオーナーからシャンパンを受け取る藤堂を眺めていた。

オーナーが持ち込んだシャンパンは、一九七一年のサロンであり、藤堂はその価値を唯一理解できる男だ。ふたりの間では瞬時にサロンについての薀蓄《うんちく》が始まった。

京介が藤堂に好感を抱いていないことは間違いない。ただ、その実力や才能はきちんと認めているし、自ら仕掛けていくようなこともしない。

「京介くん、忙しいのにありがとう。今夜は女性たちに引き止められたんでしょう？」

氷川が聖母マリアのような微笑で労《ねぎら》うと、京介は華やかな美貌《びぼう》を輝かせた。

「クリスマスに女性の前に現れないのもひとつの手です」

どの業界でも先の見えない不況に悲鳴を上げているが、京介はカリスマホストとしての数字をキープしていた。数多《あまた》の女性に夢を売るが、決して安売りはしないし、それ相応のテクニックも駆使している。クリスマスという一大イベントにホストクラブ・ジュリアスに姿を現さないのも、京介ぐらいのレベルになればひとつの演出になるのかもしれない。

「そうなの？」

「はい」

「藤堂さんをよろしく」

藤堂はショウと京介が大型バイクを乗り回していた頃から、取り込みたがっており、あれこれ理由をつけては接触しようとしていたという。ほかの暴力団関係者たちもショウと京介を欲しがって、熱烈なスカウト合戦を繰り広げていたが、その結果は周囲の予想をことごとく裏切るものだった。そう、誰もショウが清和の舎弟になるとは思っていなかったし、京介がホストになるとも予想していなかったのだ。事実、今でも京介には何名もの暴力団関係者がしつこく勧誘している。清和も喉《のど》から手が出るほど京介を欲しがっているひとりだ。

「先生にはいつも驚かされます」

ショウや宇治から何があったのか聞いて、京介は知っているのだろう。女性の心を摑《つか》む綺麗《きれい》な目には星がキラキラ飛んでいる。

「これ以上、血が流れるのはいやだ。穏便にすむならば穏便にすませたい」

「ショウがどれだけ荒れているか知っていますか?」

京介は居候《いそうろう》のショウの暴れっぷりに呆《あき》れ果《は》てているようだ。

「だから、京介くんに頼んでいる。ショウくんが藤堂さんに変な真似《まね》をしないように注意してほしい」

運転技術ならばショウが上回るが、腕っ節の勝負ならばゴジラの異名を持つ京介のほうが強い。白馬に乗った王子様さながらの美青年の強さは半端ではないのだ。

「無理です」

「京介くん以外に頼める人がいません」

京介も藤堂と同じように白いスーツを身につけているが、胸に挿している花は真紅の薔《ば》薇《ら》の蕾《つぼみ》だ。控えめなネクタイとハンカチーフでシックに抑えている藤堂とは、雰囲気がまるで違った。

「祐さんやリキさんにもそのようなことを言われました」

どうも、みんな、考えることは同じらしい。正確に言えば、祐やリキも鉄砲玉を体現しているショウを抑え込む自信がないのだろう。

「うん、祐くんもリキさんも藤堂さんと共存するつもりだ」

海外勢力の日本攻略が前にも増してひどくなり、麻薬汚染や地下銀行の暗躍にも加速がつき、海外に売り飛ばされる日本人女性も倍増している。もはや、日本人同士でいがみ合っている場合ではない。

藤堂をイジオット側に渡さないためにはどうしたらいいか、と祐やリキ、サメは冷静に藤堂と清和の手打ちを考えたようだ。最大のネックは誰よりも激しい清和とショウである。

「平和になることに異存はありません」

ホスト業界でも海外勢力の攻勢に参っている最中だ。アジア系や南米、欧米系に限らず、海外勢力のやり方はえげつないなんてものではなく、ジュリアスのオーナーも危機感を募らせている。

「ショウくんがブラッディマッドの奏多くんとケンカするのも止めてほしい」

血の雨が降る、と氷川が恐怖に怯《おび》えた顔で言うと、京介はウインクを飛ばしてきた。

「奏多もそこまで馬鹿《ばか》じゃありませんから」

「本当に？」

昨夜も芸能人がお忍びで通う六本木《ろっぽんぎ》のクラブでは、奏多率いるブラッディマッドの派手な乱闘騒ぎがあった。警察も駆けつけたが、ブラッディマッドのメンバーは誰ひとりとして逮捕されていない。ブラッディマッドが警察と癒着していることは、だいぶ前からまことしやかに囁《ささや》かれていた。

「結局、奏多は藤堂さんに惚《ほ》れているみたいだし、ショウが馬鹿をしない限りは平気でしょう」

京介の見解でも、問題は奏多ではなくショウだ。

「……だ、だから、ショウくんを止めて、って頼んでいる」

「せっかくのクリスマスにショウの大馬鹿話はやめましょう。あいつのことを考えるだけで腹が立つんです」

ショウは女性と同棲《どうせい》しても必ず逃げられ、その都度、京介のマンションに勝手に転がり込んでいる。それなのに、ショウは一銭も入れないし、居候とは思えないふてぶてしい態度で京介を疲弊させていた。

「また、ショウくんは何かしたの？」

ショウは例の如《ごと》く一言の断りも入れずに京介が食べようとしていた食事を平らげてしまったのか、京介の高級ブランドの服に染《し》みをつけたり破ったりしたのか、高価なグラスや皿を割ったのか、京介の不能説を吹聴したのか、ショウが京介を怒らせる理由にはあまりにも心当たりが多すぎる。

「あいつが何もしない日なんてありません。殺さなかっただけ褒《ほ》めてください」

京介が手をひらひらさせた時、お好み焼き屋のドアが開いて、ブリオーニの黒いスーツに身を包んだ清和が入ってきた。背後には祐やリキ、ショウや宇治といった若手の構成員たちがいる。

藤堂に対して眞鍋の男たちの闘志を燃やす暇を与えてはならない。待ち構えていた、とばかりにジュリアスのオーナーがとっておきのシャンパンの栓を抜いた。

一瞬にしてクリスマスカラーに彩られたお好み焼き屋に、得も言われぬ芳香が漂う。シャンパンにしては泡が控えめで、色合いもうっすらとした茶色に変わっているが、これこそが、ジュリアスのオーナーが特別な今夜のために選んだ一九七一年のサロンだ。

「我らが麗しの姐さんに乾杯」

乾杯の音頭もジュリアスのオーナーが取った。

ジュリアスのオーナーが持ち込んだ一九七一年のサロンは、氷川が知るシャンパンの常識を覆《くつがえ》す逸品だった。モカクリームのような香ばしさというか、蜂蜜《はちみつ》のような味というか、シャンパンではないがシャンパンでありというか、氷川は上手く表現できない。

祐やリキ、ショウや宇治、卓たちもその味わいに感嘆の声を上げた。

未成年の清和と千晶は氷川の目が光っているので、ノンアルコールの子供用シャンパンだ。

「清和お兄ちゃん、次はちゃんと大人のシャンパンを飲もうね」

千晶は子供のシャンパンを割り当てられて悔しそうだが、同じ立場に清和がいたのでごねなかったらしい。

「……ああ」

清和は千晶と同じ扱いを受け、仏頂面に磨きがかかったが、氷川がいるので子供用のシャンパンを飲み干す。

そんな清和にショウは堪《こら》えきれずに噴きだし、卓や宇治に窘《たしな》められている。

藤堂が二本目のシャンパンの栓を抜くと、桐嶋の威勢のいい声が響き渡った。

「さぁ、牛スジ入りのお好みと海鮮のお好みとモダンや。どれも自信作やから食うてや」

清和やリキ、祐の鉄板の前にすでに焼き上がったお好み焼きが運ばれてきた。氷川は桐嶋や生馬と一緒に清和の箸《はし》の動きをじっと見つめる。

清和はお好み焼きを口にした途端、シャープな頰《ほお》を引《ひ》き攣《つ》らせた。いつも鉄仮面を被っているようなリキも珍しく顔を歪《ゆが》める。

祐だけは最初からわかっていたらしく、桐嶋と生馬に向かってにっこりと微笑《ほほえ》んだ。秀麗な策士の腹黒さを隠す笑みだ。

「清和くんもリキくんもそのお好み焼きがチョコレートだって気づかなかったの?」

氷川が呆然《ぼうぜん》とした面持ちで尋ねると、清和は低い声で唸《うな》った。

「……う」

生馬特製のお好み焼きチョコレートに、眞鍋組が誇る竜虎《りゅうこ》コンビが綺麗に騙《だま》された。完全な勝利に生馬は嬉《うれ》しそうだが、氷川はなんとも複雑な気分である。

「桐嶋さんの前の鉄板に火は入っているけど、清和くんとリキくんの前の鉄板は冷たいままでしょう。千晶くんや千鳥さんでも気づいたよ？　信司くんでも気づいたのに、どうして気づかないの？」

チョコレートのお好み焼きだとバレないように、生馬と桐嶋は手の込んだ小細工をしていたが、食べる瞬間に匂いや冷たさで気づくはずだ。どうして食べるまでわからないのか、氷川は清和とリキが不思議でならない。たとえ、チョコレートといったスイーツを食べつけていなくても、だ。

「面目ない」

無敵のリキがチョコレートのお好み焼きに敗北宣言を出した。どうやら、まったく気づかなかったらしい。

「桐嶋組長らしいサプライズです。生馬を指名したわけがやっとわかりました」

祐が横目で生馬を眺めながら言うと、桐嶋は不敵に言い放った。

「祐ちん、サプライズがこれで終わりやと思わんでくれ。今夜はショウちんの女体盛りならぬ男体盛りや……と言いたいところやけど、誰も喜ばへんからやめた」

「当たり前です」

「女体盛りはまたの機会、今夜はアレや。この世はいつ何があるかわからへんから、ちゃっちゃっと今夜最大のメインイベントに突入すんで。運を試す、ロシアンたこ焼きや」

桐嶋が鳩尾《みぞおち》に隠していた拳銃《けんじゅう》を手にすると、千晶がたこ焼きを盛った大皿をいそいそと運んできた。焼き立てであり、トッピングされた鰹節《かつおぶし》と青海苔《あおのり》が生き物のように揺れている。

「ロシアンたこ焼き?」

祐だけでなく誰もが桐嶋の手にある拳銃がライターだと一目で気づく。

「ロシアンルーレットならぬロシアンたこ焼きや。ひとつだけワサビ入りのたこ焼きがあるから注意してぇな」

どのたこ焼きがワサビ入りなのか、作った桐嶋以外、誰も知らない。氷川は真剣な目でたこ焼きを見つめたが、どれも同じように見える。

「さぁ、運試しや。みんな、ひとつずつ選んで食べてみてや」

桐嶋は澄ましている藤堂の背中を叩《たた》き、無理やりひとつ選ばせた。千晶や千鳥は中央にあるたこ焼きを選び、卓や宇治、信司などの若手の舎弟たちは青海苔が比較的多めにかかっているたこ焼きに爪楊枝《つまようじ》を刺した。

京介やジュリアスのオーナーも嬉々《きき》として運試しに挑戦する。

氷川はなんの気なしに右側にあるたこ焼きを選び、清和は左側にあるたこ焼きを選ぶ。

リキや祐も無言でたこ焼きを選んだ。

「さぁ、いっせいに一口で食うてみい。一口でガブリやで」

桐嶋の掛け声でそれぞれたこ焼きを口にした。

「美味《うま》い」

ショウや卓、千晶や千鳥はワサビ入りに当たらなかったらしく、たこ焼きの美味《おい》しさに感嘆の声を上げる。

「こんなに美味いたこ焼きは東京にはない」

ジュリアスのオーナーの最高の賛辞に異議を唱える者はひとりもいない。いや、ワサビ入りのたこ焼きに当たった者がひとり、凜々《りり》しい顔を歪めていた。

「……清和くん？　まさか、清和くんが当たったの？」

よりによってというか、どれだけの確率なのか、清和がただひとつのワサビ入りたこ焼きを引き当ててしまった。

「…………」

「清和くん、大丈夫？　お水？　ジュースがいい？」

氷川が差しだした水を清和は無言で飲み干した。

ワサビの塊《かたまり》を一口で食べたらどれだけ苦しいか、氷川がわざわざ清和に尋ねる必要はない。

「清和くんがワサビ入りに当たるなんて……悪運が強い、とかいつも言っているくせにやっぱり根拠がないよね」

氷川が涙声で言うと、清和は横目で桐嶋を見つめた。どうも、清和自身、ワサビ入りのたこ焼きを引き当てて困惑したらしい。

清和の無言の圧力に屈したわけではないだろうが、桐嶋は豪快に笑いながら次の運試しゲームを口にした。

「ロシアンたこ焼きはワサビだけやない。カラシもあるんや。さぁ、ロシアンたこ焼き第二弾、続けざまに行くでっ」

信司が微妙なステップを踏みつつ、大皿に盛られたたこ焼きを運んできた。こちらはソースではなく出汁《だし》で食べるタイプのたこ焼きだ。明石《あかし》焼きとも呼ばれている。

今回、一番最初にたこ焼きを選ぶのは清和だ。

「二代目、お好きなのをどうぞ」

清和はしかめっ面《つら》で真ん中にあるたこ焼きを選んだ。続いて、氷川や祐、リキもそれぞれたこ焼きに爪楊枝を刺して取る。

「運がない奴は誰や？　さぁ、一口でパックン食うてぇや」

桐嶋の掛け声でいっせいにたこ焼きを口に放り込む。

「美味しい。あっさりしているけどそれだけじゃない」

ジュリアスのオーナーは桐嶋特製の明石焼きにも最高評価をあげたが、ソースたこ焼き一辺倒だったショウや卓も同意するように雄叫《おたけ》びを上げた。

「僕はこっちの出汁のほうが好き」

氷川はこってりしたソースよりあっさりした出汁で食べるたこ焼きのほうが好みだ。食の細い祐もそうらしい。

「俺もです」

「出汁も美味いがどっちかって言ったらやっぱりソース」

出汁で食べるたこ焼きか、ソースで食べるたこ焼きか、どちらが美味しいか、熱く議論する中、カラシ入りのたこ焼きに当たった不運な男はただひとりで顔を歪めていた。

「……ま、まさか、また清和くんなの？」

氷川が素《す》っ頓狂《とんきょう》な声を上げると、店内にいた者のすべての視線が清和に集中する。

「…………」

清和はカラシ入りを刺した爪楊枝を親の仇《かたき》を見るような目で睨《にら》みつけていた。吐きださないところが立派だ。

「ワサビに続いてカラシ？　清和くん、お水を飲んで」

氷川が慌てて清和に水を飲ませると、桐嶋がどこか惚《とぼ》けたような顔で言い放った。

「この中で一番運がない奴っちゅうたらカズやと思う。絶対にワサビもカラシもカズが選ぶと思っとったのに眞鍋の色男か」

藤堂も己の不運さに自覚があるらしく、抑揚のない声で続いた。

「俺もワサビ入りとカラシ入りを食べる覚悟はしていたが」

まさか、悪運が強いと評判の眞鍋の昇り龍《のぼりりゅう》が引き当てるとは思わなかった、と藤堂は涼やかな目で語っている。

「俺もワサビとカラシを当てる予感がありました」

卓は箱根《はこね》の旧家出身でありながら、運命の歯車が狂って、極道界に身を投じた。自分の運のなさはいろいろと痛感しているらしい。

「清和くん、悪運が強いなんて大嘘じゃないか。清和くんは運が悪いんだ。もう、危ないことはしないで」

氷川の悲鳴に似た声が店内に響き渡ると、清和は無言で桐嶋を凝視した。清和自身、思い切り戸惑っていることは間違いない。

「眞鍋の、三番勝負しよか」

桐嶋は不敵に口元を緩めると、気障な仕草で指を鳴らした。生馬が大皿に盛られたたこ焼きを慎重な足取りで運んでくる。

「これが泣いても笑っても最後の運試し、ラストゲームはチョコレートや」

美味しそうなたこ焼きの中にひとつだけ生馬特製の甘いチョコレートが詰められているらしい。

生馬は全身全霊を注ぐかのように、清和にたこ焼きが載った大皿を差しだした。

「二代目、頑張ってください」

生馬と清和が並ぶと異様すぎて、なんとも形容しがたい空気が流れた。

兄弟でもないのによくあんなに似たものだ、と桐嶋やジュリアスのオーナーは感心している。

清和は尋常ならざる闘志を燃やし、目を閉じたままたこ焼きに爪楊枝を刺した。左から二番目のたこ焼きだ。

次いで、運が悪いという自覚のある藤堂や卓が選ぶ。

氷川は些《いささ》か形がいびつなたこ焼きを選び、祐は比較的小さく見えるたこ焼きに爪楊枝を刺した。ほかの男たちは楽しそうにはしゃぎながら選ぶ。最後に残ったひとつは問答無用で眞鍋組最強の男であるリキだ。

「さぁ、今のところ、眞鍋の大将の二打席連続ホームラン、三打席目はどうや？」

桐嶋は軽快な前口上を述べてから、威勢のいい掛け声をかけた。誰もが清和を見つめつつ、たこ焼きを口に放り込む。

清和の三打席連続ホームランが確定した。いや、清和に『不運な男』の称号が与えられることが決まった。

たこ焼きにスイス製の濃厚なチョコレートが詰められていたらどんな味になるのか、誰も清和に尋ねようとはしない。

「清和くん、運がいいなんて大嘘。悪運と運は違うのかもしれないけど、清和くんは運が悪いんだ。運がよかったらヤクザになんてなっていないよ。もう、二度と危険なことはしないでね」

氷川が涙目で清和を抱き締めると、桐嶋はモダン焼きをひっくり返してから言った。

「姐さん、ワサビにカラシにチョコ、姐さんのダーリンは三つのゲームを制したと言えるのかもしれへん。三連発は狙ってもできへんで？　運がいいんかな？　運がいいんやろなぁ。だから、なんでも引き寄せるんや」

桐嶋の言葉に同意するように、藤堂が清和に向かってグラスを高く掲げた。

「二代目の強運に乾杯」

藤堂でなければもう少し違ったかもしれないが、清和は鬼のような形相《ぎょうそう》で睨み返した。もっとも、殺気は漲《みなぎ》らせてはいない。

「なんでも引き寄せるならば、二代目に宝くじを買わせればいいのか？」

HAPPY
MAS

祐が皮肉っぽく言うと、リキはいつもよりトーンを落とした声で事務的に制した。

「俺も二代目もショウも宝くじに夢は持たない」

「リキさん、宝くじに恨みでもあるんですか？」

「恨みはないが夢は持たない」

清和が眞鍋組の組長代行に就任した時、台所は火の車で借金が雪だるま式に増えていた状態だった。どうやって金を作るか、まだまだ若くて未熟だった清和やショウ、リキは目の前にあった宝くじ売り場で宝くじを買ったという。

清和やショウならともかくリキまで宝くじに賭《か》けたなど、意外な一面に氷川は度肝を抜かれた。

当時を思い出しているのか、清和の鋭い目に影が走り、お好み焼きを咀嚼《そしゃく》していたショウの顔が苦渋に歪む。

苦労したな、と珍しく京介がショウの肩を叩いて労った。

「宝くじに賭けるなら、まだ馬に賭けたほうがええ」

ほら、焼けたで、熱々のうちに食うてな、と桐嶋は絶妙な焼き加減のお好み焼きを眞鍋の男たちに振る舞う。

藤堂は温順な微笑を絶やさず、ジュリアスのオーナーとワインを楽しんでいた。祐とリキが近づくと、藤堂が洗練された動作でワインを注ぐ。

「藤堂さん、新しい未来を構築しましょう。眞鍋は日本企業のような負け犬になりたくありません。藤堂さんもそうでしょう？」

日本企業は内部の権力闘争に奮闘し、肝心の仕事はおざなりになり、結果、海外勢力に飲み込まれることになった。ここで揉めてもお互いにメリットはない。祐が真剣な顔で今後の共存を示唆すると、藤堂は上品に微笑んだ。そして、グラスを傾け合う。

藤堂とリキもグラスを傾け、お互いにワインを飲み干した。誓いの酒は一九八二年のシャトー・ラ・フルール・ペトリュスだ。

潔癖な清和は自ら率先して藤堂と乾杯できないらしいが、以前のような頑《かたく》なさは消えているし、今は運試し三連発にダメージを受けている最中だ。ワサビにカラシにチョコレートの威力はなかなかのものである。

「清和くん、もう二度と、俺は悪運が強いなんて言っちゃ駄目だよ。俺は悪運が強い、って無理もしちゃ駄目だよ」

氷川も清和の三連発に凄絶なショックを受けていた。目の前に絶品のお好み焼きが並んでも、鉄板で焼き上げられたギョーザやローストチキンがどんなに美味しそうでも、喉を通りそうにない。清和の削《そ》げた頬を摩《さす》りつつ、くどくどと注意を続けた。

「清和くん、僕は今までに一度も運がいいって自分で思ったことはないけど、相対的に見たらそんなに運が悪いわけじゃないんだ。念願の医者にもなれたし、清和くんとも巡り合えたからね。でも、清和くんのこの不運さは特別だ。もうお願いだから根拠のない自信は持たないでほしい」

氷川の執拗な言葉に何も返さず、清和は黙々とお好み焼きやギョーザ、焼きそばを食べ続けた。ローストチキンやキャビアのカナッペなど、桐嶋は茶々も入れずにさりげなく清和の前に絶品の料理を運ぶ。

「清和くん、塩焼きそばは美味しい？」

清和はソース焼きそばも塩焼きそばも同じスピードで食べる。氷川は清和の手に飛んだ鰹節をナプキンで拭《ふ》いた。

「ああ」

「塩焼きそばにワサビもカラシもチョコも入っていない？」

氷川はそんなことはないと思っているが、不運な男の称号をもらった清和だから不安でたまらない。

「ああ」

「これから、外食する時にも気をつけてね。清和くんのことだから、何が入っているかわからないよ。お店の人も知らない何か変なものが入ってしまうかもしれない」

いつの間にか、氷川と清和はふたりだけの世界を作っていた。そんなふたりを眺める者たちは全員、幸せそうだ。

「桐嶋組長、来年もクリスマスパーティを開催しましょう」

リキは享楽的なことには無縁の苦行僧のような男だが、桐嶋に来年のクリスマスパーティの提案をした。すなわち、眞鍋組と桐嶋組の友好関係が続くことを願っているのだ。

「そやな、来年はロシアンたこ焼きをグレードアップするから楽しみにしとってぇな」

桐嶋は来年のクリスマスパーティを快諾し、リキの逞《たくま》しい肩を勢いよく叩いた。

「藤堂さん、ワイン選びとチーズ選びはお任せします。俺はワインもチーズもわからない」

リキから鋭い目で言葉をかけられ、藤堂はチーズを盛った銀のプレートを手にしたまま鷹揚《おうよう》に頷いた。

「ああ」

来年といわず再来年、五年後、十年後、二十年後、誰ひとり欠けることなく、みんな揃《そろ》ってクリスマスを楽しむ。これ以上、誰の命も落とさせたりはしない。誰の血も流させたりはしない。

氷川は何枚目かわからない清和のお好み焼きに青海苔をふりかけつつ、永遠のクリスマスパーティを祈った。

生涯、この夜のことは忘れられないだろう。

あとがき

講談社X文庫様では三十二度目ざます。『看板に偽りあり』という言葉をしみじみと噛《か》み締《し》めている樹生《きふ》かなめざます。

……その、そのざますね、本日はお日柄もよく、ではなく……自分で言うのもなんざますが、本作のタイトルは『龍の悪妻、Ｄr.の悪運』でなくていいのでしょうか？　愛妻、とタイトルにつけていいのでしょうか？　看板に偽りがあると、樹生かなめは訴えられるんじゃありませんか？　清和《せいわ》にとっては愛妻だからいいのかしら？　誰が何を言おうとも、清和にとって氷川《ひかわ》は愛妻ざます。清和にとっては愛妻ざますが？　周囲から見たらハタ迷惑な核弾頭？

今でもいろいろとぐるぐる回っています。

変にぐるぐる回りすぎたせいか、おかしなところに着地しました。

そもそも、愛妻の定義とはなんぞや？

悪妻とはなんぞや？

悪妻は六十年の不作、という諺《ことわざ》があるとか？　悪妻は百年の不作、という諺もあるとか？　六十年と百年の差は四十年？　四十年の差はどこでどうつけるの？　十年ぐらいの不作の悪妻はいないのかしら？

そういえば、偉人には悪妻が付き物、とどこかで聞いたような気もしますが？　かのナポレオンの最初の奥様も、かのリンカーンの奥様も、かのハイドンの奥様も、かのアインシュタインの奥様も悪妻だとか？　かの漢《かん》の高祖・劉邦《りゅうほう》の正妻も悪妻だとか？　かの徳《とく》川家康《がわいえやす》の最初の正妻も悪妻だとか？

悪妻によって夫は磨かれるとか？

悪妻によって清和は磨かれる？

清和は偉人ではなくヤクザざますが？　清和をヤクザから足を洗わせ、偉人への道を進ませたらいいのかしら？　清和、偉人への道？　氷川も喜ぶかな？

考えだしたら止まりません。樹生かなめはいったいどこまで行くのでしょう？　地の果てを見たような錯覚に陥《おちい》った後、世界三大悪妻に辿《たど》り着《つ》きました。

トルストイの奥様のソフィア、モーツァルトの奥様のコンスタンツェ、ソクラテスの奥様のクサンティッペ、この錚々《そうそう》たる歴史上人物の奥様たちが世界三大悪妻だとか？

クサンティッペがソクラテスに尿瓶に入った尿をかける絵を見て、アタクシは顎《あご》を外しかけましたとも。

氷川はクサンティッペみたいに清和に尿をかけたりはしません。いや、クサンティッペは尿ではなく水をかけているという説も？　クサンティッペは人がいる前でよくソクラテスに水をかけていたとか？　尿ではなく水ならまだマシ……いえいえ、尿とか水とか言っている場合ではございません。氷川は清和に水もかけないし、尿もかけません。悪妻ではないと胸を張ってもいいのかしら？

自分でもわけがわからなくなっている今日この頃、氷川は清和の愛妻で押し切りたいと存じます。

ええ、ええ、氷川はモーツァルトの奥様のコンスタンツェのように浪費家ではございません。トルストイの奥様のソフィアのように暴力がすごいわけでもございません。ついでに申せば、ナポレオンの最初の妻のジョゼフィーヌのように不倫《ふさわ》にも励みません。

（※）

氷川は清和の良妻……良妻ざます……良妻という表現は相応《ふさわ》しくないかもしれませんが、世界的な悪妻に比べたら可愛《かわい》いものざます。

氷川は清和の愛妻ざます。

たとえ、樹生かなめの指が勝手に『龍の悪妻、Dr.の悪運』とキーボードを叩《たた》いていても、氷川は清和の愛妻ざます。

担当様の指が勝手に『龍の悪妻、Dr.の悪運』とキーボードを叩いていても、氷川は清和の愛妻ざます。

奈良千春《ならちはる》様が氷川を清和の愛妻らしく描いてくださっていますから愛妻ざます。悪妻と愛妻でここまで引っ張りましたが、それではでございます。

担当様、世界の悪妻について一冊にまとめてみませんか……ではなく、ありがとうございました。深く感謝します。

奈良千春様、一冊にまとめた世界の悪妻論に挿絵をお願いします……ではなく、癖のある話に今回も素敵《すてき》な挿絵をありがとうございました。深く感謝します。

読んでくださった方、ありがとうございました。再会できますように。

悪妻になりたかった樹生かなめ

『龍《りゅう》の愛妻《あいさい》、Dr.《ドクター》の悪運《あくうん》』、いかがでしたか？

樹生《きふ》かなめ先生、イラストの奈良千春《ならちはる》先生への、みなさまのお便りをお待ちしております。

樹生かなめ先生のファンレターのあて先

〒112-8001 東京都文京区音羽2－12－21 講談社 文芸シリーズ出版部「樹生かなめ先生」係

奈良千春先生のファンレターのあて先

〒112-8001 東京都文京区音羽2－12－21 講談社 文芸シリーズ出版部「奈良千春先生」係

N.D.C.913　248p　15cm

樹生かなめ（きふ・かなめ）
血液型は菱型。星座はオリオン座。
自分でもどうしてこんなに迷うのかわからない、方向音痴ざます。自分でもどうしてこんなに壊すのかわからない、機械音痴ざます。自分でもどうしてこんなに音感がないのかわからない、音痴ざます。自慢にもなりませんが、ほかにもいろいろとございます。でも、しぶとく生きています。
樹生かなめオフィシャルサイト・ROSE13
http://homepage3.nifty.com/kaname_kifu/

講談社X文庫

white heart

龍《りゅう》の愛妻《あいさい》、Dr.《ドクター》の悪運《あくうん》

樹生《きふ》かなめ

●

2014年8月4日　第1刷発行

定価はカバーに表示してあります。

発行者——鈴木　哲
発行所——株式会社　講談社
東京都文京区音羽2-12-21 〒112-8001
電話 編集部 03-5395-3507
販売部 03-5395-5817
業務部 03-5395-3615
本文印刷ー豊国印刷株式会社
製本——株式会社千曲堂
カバー印刷ー半七写真印刷工業株式会社
本文データ制作ー講談社デジタル製作部
デザインー山口　馨

ISBN978-4-06-286832-7

講談社X文庫ホワイトハート・大好評発売中！

龍の恋、Dr.の愛
樹生かなめ
絵／奈良千春

ひたすら純愛。だけど規格外の恋の行方は？　関東を仕切る極道・眞鍋組の若き組長・清和と、男でありながら清和の女房役で、医師でもある氷川。純粋一途な二人を狙う男が現れて……!?

愛されたがる男
樹生かなめ
絵／奈良千春

ヤる、ヤらせろ、ヤれっ!?　その意味は!!　世が世ならお殿さまの、日本で一番不条理な男、室生邦衛。滝沢明人は邦衛の幼なじみであり、現在の恋人でもある。好きだからこそ抱けないと邦衛に言われたが!?

龍の純情、Dr.の情熱
樹生かなめ
絵／奈良千春

清和くん、僕に隠し事はないよね？　極道の眞鍋組を率いる若き組長・清和と、医師であり男でありながら姐である氷川。ある日、氷川の勤める病院に高徳護国流の後継者が訪ねてきて!?

龍の恋情、Dr.の慕情
樹生かなめ
絵／奈良千春

欲しいだけ、あなたに与えたい——！　明和病院の美貌の内科医・氷川諒一の恋人は、19歳にして暴力団・眞鍋組組長の橘高清和だ。ある日、清和の母親が街に現れたとの噂が流れたのだが!?

龍の灼熱、Dr.の情愛
樹生かなめ
絵／奈良千春

若き組長・清和の過去が明らかに!?　明和病院の美貌の内科医・氷川諒一は、19歳にして暴力団眞鍋組組長の清和と恋人関係だ。二人は痴話喧嘩をしながらも幸せな毎日だったが、清和が攫われて!?

募集要項

■内容

ホワイトハートにふさわしい小説であれば、ジャンルは問いません。商業的に未発表作品であるものに限ります。

■資格

年齢・男女・プロ・アマは問いません。

■原稿枚数

ワープロ原稿の規定書式【1枚に40字×40行、縦書きで普通紙に印刷のこと】で85枚～100枚程度。

■応募方法

次の3点を順に重ね、右上を必ずひも、クリップ等で綴じて送ってください。

1. タイトル、住所、氏名、ペンネーム、年齢、職業（在校名、筆歴など）、電話番号、電子メールアドレスを明記した用紙。
2. 1000字程度のあらすじ。
3. 応募原稿（必ず通しナンバーを入れてください）。

ご注意

○ 応募作品は返却いたしません。
○ 選考に関するお問い合わせには応じられません。
○ 受賞作品の出版権、映像化権、その他いっさいの権利は、小社が優先権を持ちます。
○ 応募された方の個人情報は、本賞以外の目的に使用することはありません。

背景は2008年度新人賞受賞作のカバーイラストです。
真名月由美／著　宮川由地／絵『電脳幽戯』
琉架／著　田村美咲／絵『白銀の民』
ぽぺち／著　Laruha（ラルハ）／絵　『カンダタ』